三辉书系—剧场和戏

阿瑟·米勒手记

『推销员』在北京

[美] 阿瑟·米勒——著
汪小英——译

中國華僑出版社
北京

图书在版编目（CIP）数据

阿瑟·米勒手记："推销员"在北京 /（美）阿瑟·米勒著；汪小英译 . —北京：中国华侨出版社，2018.11
ISBN 978-7-5113-7780-7

Ⅰ . ①阿… Ⅱ . ①阿… ②汪… Ⅲ . ①日记—作品集—美国—现代 Ⅳ . ① I712.65

中国版本图书馆 CIP 数据核字 (2018) 第 240230 号

阿瑟·米勒手记："推销员"在北京

著　　者：［美］阿瑟·米勒
译　　者：汪小英
出 版 人：刘凤珍
责任编辑：刘雪涛
特约编辑：黄　洁　孔繁尘
装帧制造：COMPUS · 道辙
经　　销：新华书店
开　　本：880mm × 1240mm　1/32　　印　　张：9　　字　　数：171 千字
印　　刷：山东临沂新华印刷物流集团有限责任公司
版　　次：2019 年 3 月第 1 版　2019 年 3 月第 1 次印刷
书　　号：ISBN 978-7-5113-7780-7
定　　价：48.00 元

中国华侨出版社　北京市朝阳区静安里 26 号通成达大厦 3 层　邮编：100028
法律顾问：陈鹰律师事务所
发 行 部：（021）64679493-816　　传　　真：（021）64679493-808
网　　址：www.oveaschin.com　　E-mail：oveaschin@sina.com

如果发现印装质量问题，影响阅读，请与印刷厂联系调换。

在中国戏剧家协会和美中艺术交流协会的全力支持下，

我才得以在中国执导《推销员之死》。

在此，谨对他们致以诚挚的谢意！

——阿瑟·米勒

目　录

序　言[1]

1984年[2]，我刚到中国为北京人民艺术剧院导演《推销员之死》（*Death of A Salesman*）时，根本没想到要写书。影响写作的不确定因素太多了：演员里只有一人懂英语，我怎么交流？观众对这出戏能否有起码的理解？它的形式与它所讲述的社会一样，对他们来说是完全陌生的。实际上，一位人艺的导演在排练开始后读过剧本，他宣称："演这样的戏完全没有可能。"尔后，好几位演员坦白地承认，刚开始排练时，他们不知道怎么办才好。

但是后来的事实证明，东西方的月亮一样亮，东方的演员和西方的演员同样才华横溢。不同的只是，东方演员特别彬彬有礼。我后来认识到，这是中国人说话行事的方式。他们更加持重，对年长

[1] 本书英文原版初版于1984年，本文为1991年再版序言。——编者

[2] 原文如此。但实际时间应为1983年。——编者

者尤其尊敬。可是在中国，至少在中国大陆，人们的观点总与自己所在的社会团体一致。比如，我费了很大的力气才让大家相信：比夫坚决反对威利追求金钱，可是他并不是在谈论政治，这只是他从个人经验出发所持的立场。一个人动辄心血来潮，不停地改换职业，这在中国人看来简直不可思议；中国人喜爱群体服从社会的情形，也是外国人想象不到的。哈皮不顾兄弟要睡觉不停地跟他说话，对于这个角色和演员来说都委实困难，因为这样做太不礼貌了。

虽然有这么多礼貌习俗上的问题，我发现我们的感情是相似的：爱、怜惜、幻想，等等。中国观众的热烈反响再次证明了这种相似。这出戏上演了数月，又在全国巡回演出，同时电视转播。不久前，这出戏只更换了两名演员，又在北京上演。

当然，中国观众如何理解这出戏另当别论，而且这是仁者见仁、智者见智的事。一位女观众看了这出戏，摇着头感叹着对我的妻子英格·莫拉斯(Inge Morath)说："威利跟家母的确一模一样。"散场后，另一位男青年在大厅接受CBS采访，他同意威利的哲学："人人都想当第一，当老板。这自然是对的，错的是比夫。"比夫来到时的中国，刚刚从文化大革命的极端平均主义中走出来，这之前，任何与众不同的想法和做法都有违社会道德（甚至养金鱼、养鸟都被禁止）。对中国人来说，比夫更像是旧时的红卫兵，拒绝威利提倡的出人头地。

这本偶然结成的书大部分是按排练时间顺序写成的。中国演员们从早上八点排练到中午十二点，然后休息，再从晚上七点排练到十点。他们利用中间的时间用餐及午睡。我因为担心自己被日复一日的陌生语言所隔阂，随身带一个小录音机录下我自己以及英若诚在排练时说过的话。英若诚扮演威利，因为英语流利，也担当排练的翻译，我通过他得以与其他演员顺畅地交流。如果下午没有排练，我就听早上排练的录音。这些录音复杂零星，我几乎已经全部忘记，于是我用打字机把它们草草记下。过了几天我就发现，记录的谈话显示出，我们大家正尝试着感受一个从未到过的未知国度：对他们来说，是想象中的威利·洛曼的美国；对我而言，则是中国式的布鲁克林。

当然这些都发生在 1989 年之前，那时“文革”刚刚结束不久，人们正期望中国更加开放，中国不大可能回到落后的过去，至少在我看来是如此。人们似乎越来越相信中国的未来会更加理性更加开放，甚至不屑于提起对曾经伤害过他们的人施行报复。过去已经过去，没有仇恨，人们不必报复从前的敌人。我景仰宽容者的大度。为了开始适度的公民行为，他们决意展示宽容和开放的态度。实际上，我们的舞台监督曾经十分狂热，如今，他依旧有些麻烦：休息时间刚到，他就冲到我面前，手指着手表，让我停止正在排练的一场戏甚或只是一句台词，遵守所谓制度。大家当时对此一笑置之，并没有惊惶失措——这种变化对他们来说意义重大。但我觉得，对这种粗暴的干涉行为和这种危险人物，现在未必可以总是一笑置之。

但是，古老的中国不会倒下，她会沿着曲折的历史道路继续前进——时而是世界的师表，时而是笨拙而固执的学生。《推销员之死》排演之时，正赶上中国大有希望的急剧发展的波峰。本书的记录只是惊鸿一瞥，反映了一些平常中国人的心境；从某种意义上说，他们也是我们这个时代的悲剧中的演员。

缘起

世界上每四个人里就有一个中国人。这会引起一些尴尬，比如，西方所称的大作家、名演员或是大画家，在中国也许不为人知。而中国文化的伟大在其他地方也几乎无人知晓。中外双方持有的地方主义的态度，使中国这个泱泱大国令人不可思议地遗世独立。

“文革”期间，外国文艺作品及其一切影响被一律封禁。由于苏联在 20 世纪 50 年代初期的影响，新中国成立之后的十几年里，中国人在戏剧方面只知道高尔基、契诃夫、易卜生以及他们在中国的追随者。60 年代，中国只有八个样板戏[1]可以上演。这些戏与其说是反映真实生活的富有想象力的作品，不如说是政治宣传。

我在 1978 年访问中国期间，见到了人民艺术剧院院长曹禺和

[1] 原文为“许可剧”（Permissible Plays）。下文再出现时直接更改，不另注释。——译注（本书脚注不另注明者皆为译注）

剧院的导演及主要演员英若诚。他们二人都有与美国相关的个人经历，也都急于把“二战”后的世界戏剧介绍给中国人。但是，这件事说起来容易做起来难。与世隔绝多年之后，中国观众是否能够理解西方戏剧？如果能够，理解的程度如何？曹禺和英若诚对这些问题一无所知，其他人也是一样。中国演员也是问题，他们所受的不是现实主义的戏剧训练，而是糟糕的情节剧训练。与欧美相当现实主义的戏剧相比，情节剧属于不同的文化传统，其表演风格的过火夸张令人难以忍受。

英若诚出身于学者世家，本人也是学者，对西方文学涉猎广泛。30 年代时[2]，曹禺在美国待了一年，喜欢上了尤金·奥尼尔（Eugene O'Neill）的戏剧。1949 年解放之前的几年里，他写过不少有创造力的好作品，表现出奥尼尔式的对腐败社会的批判精神，其中很多部受到中国观众的欢迎。他们渴望了解西方，有一个新的开始。然而，他们最终的目标是：借着观察西方戏剧，找到新的当代中国的戏剧形式和表演风格。

1978 年，我作为一名游客来到了中国。不久，我就发现自己见到的所有的作家、导演、演员都在告诉我一件事，而我处于一种天真无知的状态，慢慢才醒悟过来：这些人毫无例外地都经历了多年的混乱生活，刚刚回返到正常生活中来；他们完全不知道奥尼尔之后的我[3]及其他任何美国剧作家，或者高尔基之后的任何欧洲剧作家。

[2] 应为 1946 年。

[3] 早在 1949 年，就读于清华大学时，英若诚就已读过《推销员之死》。

其后的两年中，曹禺和英若诚一起访问了美国，英若诚还扮演了多个影视角色——其中一个便是美国电视片《马可·波罗》(*Marco Polo*)[4]里的忽必烈。他们二人都认识到，过去的十年中他们错过了太多优秀的西方戏剧作品。有趣的是，他们在1979年提起要排演《都是我的儿子》(*All My Sons*)；一年半之后，他们又改了初衷，想要排演《推销员之死》。在这短短的一年半之间，他们认识到，随着中国的开放，观众已经有足够的修养来欣赏《推销员之死》这出对他们来说形式完全创新的戏剧。此外，80年代早期，已经有好几部在表演和结构上与《都是我的儿子》类似的中国话剧出现。事实上，《都是我的儿子》遵循的是现实主义的话剧传统，没有太多值得学习的创新形式。

曹禺和英若诚对能否不用外人协助独立将《推销员之死》搬上舞台心存疑虑，这种疑虑终于让他们坚决要求由我来中国导演这出戏。自然，我最初被这个主意吓了一跳。我跟演员言语不通，怎么指导他们？更糟的是，在多年不同的文化背景下，我怎么能在舞台上再现出人们记忆里并不存在的生活？我犹豫不决。

但是，几个月过去了，我越来越把这件事当成一个挑战。首先，没有外国导演曾为中国演员导演过新戏。我向熟悉中国的人征求意见，他们并不表示鼓励，因为在他们看来《推销员之死》是一出纯粹的美国戏。可是，有迹象表明，其他文化理解这出戏应该不成问题：就在这个时候，《萨勒姆的女巫》(*The Crucible*)在上海上演了，报

[4] 《马可·波罗》(1982)是意大利、中国合作制片，在中国拍摄的八集电影电视片。

道说这出戏把观众感动得流泪，让他们想起自己在过去遭受的苦难。尽管如此，我告诫自己：《推销员之死》比《萨勒姆的女巫》更受文化的局限。威利·洛曼来自一个雄心勃勃的商业帝国、一个害着成功热病的社会，而中国是一个农民占百分之九十人口的农业国家，绝大多数中国人接受的都是社会主义的价值观，与威利的追求完全不同。也许，我会一败涂地。

后来我见到了美中艺术交流协会——设在哥伦比亚大学的一个经费独立的私人团体——会长周文中教授。周教授让我相信此事能够成功，我才终于决定接受邀请。周是中国人，在美国生活了很多年；他说中国人一定能懂得威利，理解他的热情。他的坚信，再加上英若诚和曹禺的厚望，让我觉得这件事似乎值得一试。

这本书是以我的排练日记为基础写成的。1983年春，我每天早上九点到中午、晚上七点到十点导演这出戏，下午则写日记。我把自己的“无事生非”、误解和错误的判断都原封不动地留在这里。在那两个月里，我兴奋地努力地工作，以独特的角度观察着中国。

《推销员之死》
排练日记

1983年

3月21日—5月7日

三月二十一日

今天我第一次和剧组的演员们见面。英若诚的决定很明智，只安排了上午半天的工作——因为我们昨晚才到北京。其实我不仅时差倒不过来，开窗睡觉时外面的空气污染也让我受不了。跟布拉格一样，北京人取暖、做饭用的是煤炭，空气因此总是雾蒙蒙的，再加上从戈壁吹来的风沙，哮喘是这个地方的常见病。人们的穿着跟这个城市一样灰暗，又让我想起这儿有多么穷。我已经觉察到，中国急需发展经济，人们渴望得到很多东西——对世界上其他国家物质上的发达和享受知道得越多，这种渴望就越强烈。

这儿的演员第一次和导演见面并不显得比美国的演员更紧张，但他们的真实感受仍然难以判断。一张张拘束的面孔从我跟前经过，我像个聋子在他们的眼睛里搜寻真实的情绪，最终还是一无所获。现在写日记的时候，我仍然因为时差迷迷糊糊。二十四小时的飞行导致小面积脑前叶坏死，我的一部分灵魂留在了天上的云彩里。

虽然如此，我还是在一个很正式的会议室里和大家见了面。我坐在一张长条会议桌的上首，桌侧是两排扶手椅。虽然在机场我已经跟大家握过手，但那好像是好几个礼拜以前的事了，这会儿我一个名字也想不起来。林达特别引人注目。她有种悲剧的美，大眼睛现出既痛苦又幽默的神情。我注意到，她第一个听懂了申女士的翻译，笑了起来。这位申翻译二十八九岁，头戴大红贝雷帽，装束如同 20 世纪 40 年代的西方妇女。

早上 4 点 55 分，我继续往下写。因为担心和时差，我失眠了。我以前从来没有过这种头昏脑胀的经历。

我们的旅馆房间很小，他们保证说很快就会给我们换一间大的。我们没有住大饭店；全世界的大饭店都一样，都想赚我的钱，让我离不开他们的过滤空气。这里的空气虽说不怎么干净，但毕竟是真正的空气。

昨天我面对演员和工作人员——舞台设计、灯光师和一些助手——坐下时，只见眼前有十几个笔记本全打开着，大家手中的笔悬在空中，只等着记下我说的话，我的心一沉，想不出要说什么。我意识到他们一定期望我讲讲这出戏的意义，就像哈罗德·克勒曼（Harold Clurman）常常做的那样。可是我不想给出错误的提示，误导他们。

我看出来，在这开放初期，他们过于尊重“外国专家”，以致不敢主动发言。于是我问他们，剧中是否有跟中国习惯做法或信仰相似的地方。如果真有这类地方，我指望我们可以从基本的共同点开始。

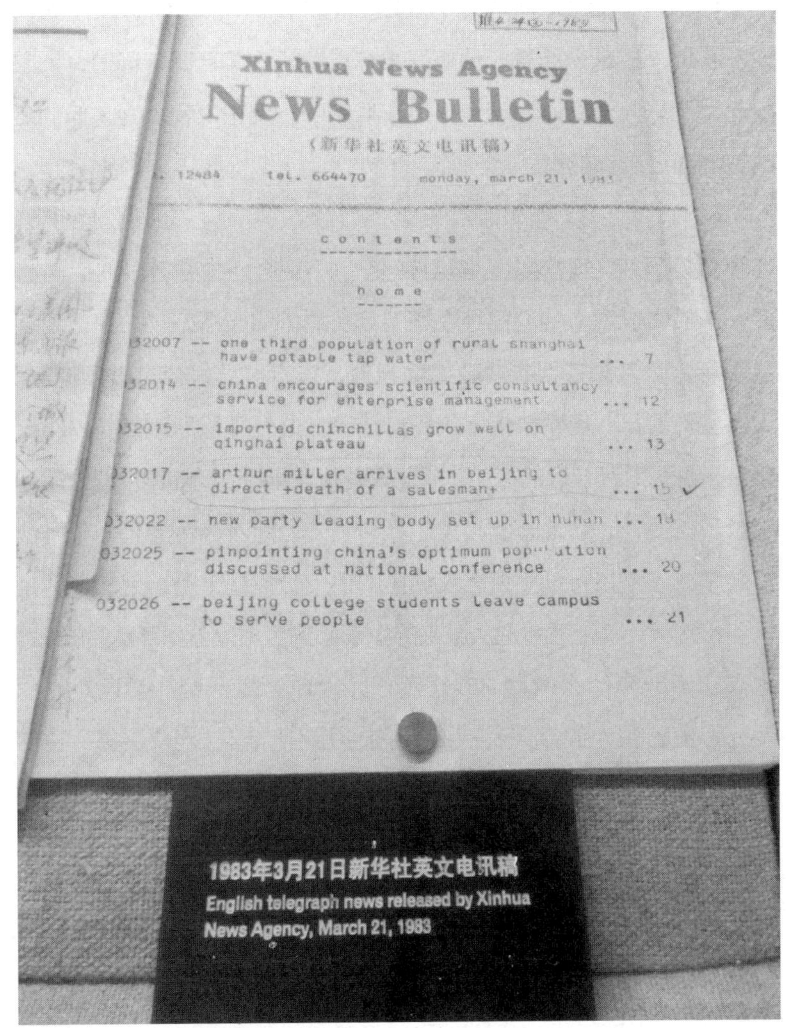

Xinhua News Agency
News Bulletin
（新华社英文电讯稿）

. 12484 tel. 664470 monday, march 21, 1983

contents

home

32007 -- one third population of rural shanghai have potable tap water ... 7

32014 -- china encourages scientific consultancy service for enterprise management ... 12

32015 -- imported chinchillas grow well on qinghai plateau ... 13

32017 -- arthur miller arrives in beijing to direct +death of a salesman+ ... 15

032022 -- new party leading body set up in hunan ... 18

032025 -- pinpointing china's optimum population discussed at national conference ... 20

032026 -- beijing college students leave campus to serve people ... 21

1983 年 3 月 21 日新华社新闻简报，列出了当日国内要闻，铅笔圈出的即对阿瑟·米勒抵达北京执导《推销员之死》的报道。（图 / 北京人民艺术剧院提供）

但是，我遇到了死一般的沉默。

他们是否没想到导演会问问题而没告诉大家如何想以及如何做？我这一招毫无结果，他们好像有点发窘。英若诚解释道，大家一起读了好几天剧本，现在仍然在揣摩中。反正，我认为，他们还没有弄懂这出戏的意思。

好吧，我来自世界的另一端，被自己的好奇心害得进退两难，如今只好既来之则安之，静观其变。好在尴尬被英若诚的话转移了——他告诉我，他们已经在剧院尽头的排练厅搭好了布景，要是我乐意，可以先去看看。我如蒙大赦，庆幸得此机会打破了僵局。大家鱼贯而行，出了会议室来到排练厅。这处排练厅原来是一个大舞台，四面镶着吸音的棕色木板，天花板离地至少 40 英尺[1]，乐池用板子盖上，有些地方的板条已经断裂开。面对舞台的是一长排沙发坐席。这个布景是照百老汇演出的那一版搭起来的，用的材料是帆布和木板。只有把卧室从原来的左面搬到了右面这类不大的改动。这其实不能算什么改动。我想不通，为什么舞台设计会认为这样做——英若诚为他口译说——“能使观众更接近舞台”。这位设计师跟剧组其他人一样，穿着扣子系到领口的蓝布上衣和便装裤，戴着帽子。周围的一切尽显中国和这个剧院的困窘。我没有因此而泄气，比起那些被娇惯坏了的演员，他们也许能演得更有深度。

为了节约用电，过道没有开灯，显得十分昏暗。这里还有股厕所的臭味，只有到了会议室或是排练厅才闻不见。青绿色的墙壁已经好多年没有粉刷过了。

[1] 1 英尺等于 30.48 厘米，40 英尺约为 12 米。——编者注

这个布景使我大大振作起来，尤其看到它比第一版的布景更宽更深——那个布景是为了适应摩洛斯科剧院（Morosco Theatre）较小的舞台而设计的。眼前的这个布景像20世纪30年代的临时收容所一般简易破烂，楼梯也是从别处搬来的。

我看见墙边立着一个大纸箱，设计师通过英若诚告诉我，那代表以后要放的冰箱。助手们这时搬来一张红木桌子和两把椅子——它们肯定原来是一套客厅家具。那两把椅子有着S型的曲线，不大可能在美国家庭的厨房里见到。舞台设计师、他骄傲的助手，还有剧组的全体演员正急等着我对这些表示肯定，我怕他们失望，没说出自己的想法。也许他们认为，这就是一个美国家庭的厨房；也许我应该先不去管它。这给我出了一道难题：这出戏到底是在哪儿发生的？中国还是美国？在哪儿？我觉得我只有回答了这个问题，才能对家具做出评价。

看到厨房里只有冰箱、一张桌子、两把椅子，再没有其他布置，我感到很满意。显然，英若诚接受了我在纽约提的建议。他曾设想把一间真正的美式厨房搬到台上，满足中国观众的好奇心。

我、申翻译和英若诚现在面对演员们坐下，演员们则坐在靠墙对着舞台的那排座位上。我的时差还没有过去，我在心中告诫自己千万不要说出不该说的话。一张张充满期待的面孔面对着我，显然，他们渴望得到“权威人士”——这出戏的作者的——领导和指引。

我还没有做好开始执导这出戏的准备。在不了解剧组成员以及他们遇事如何反应的情况下，任何尝试都将是徒劳的。我需要依赖自己的直觉。于是，我谈起目前想到的一个问题——这出戏实际的和文化意义上的发生地。一开始，我想起1978年访问中国时见到的情况——演员们把脸涂白，把眼睛画大，迈着沉重的步伐，以为欧洲人或俄国人就是那样。更糟的是，演员们戴着浅色或是红色的亚麻假发，如同万圣节里打扮得吓人的鬼怪。我说："我要跟大家谈的第一件事就是，如何才能演得像美国人。答案再简单不过，我恳求大家努力相信我说的话，那就是：坚决不要尝试扮演美国人。"

他们的笑声带着迷惑不解和紧张好奇。我说："使这出戏像极美国的办法就是让它中国化。不然怎么办？你会去模仿看过的美国电影中的人物，对不对？"他们笑着点头。"但是这些电影已经是模仿了，所以你不过是二手模仿。也许大家想观察我，进行模仿。如果以文化层面的简单模仿来处理，这出戏肯定不会成功，结果会是一场灾难。我可以告诉大家，证明共同的人性是我此行的一个动机。我们的文化和语言设置了种种符号，妨碍我们交流、分享对方的思想和感情，但在这出戏更深一层的基础上，我们有生物学意义上的一致性。我不是人类学家，也不能预言演出效果会如何，但是如果不能对角色和故事投入真实的情感，就不会产生任何结果。如果能够投入真实的情感，我坚信，文化层面的内容会自行发展，虽然我现在也说不确切那会是什么样子。

"总之，具体地说，不要假发！"

随之而来的是一阵大笑，我虽然不确定自己是否明白了这大笑的意思，仍然跟着一起笑起来。我甚至不确定他们把我的话是否当真了。我瞥了一眼旁边的英若诚，他好像有点不自在。我也看出来，大家把目光转向他，想通过他了解我的真正意图。他决意不肯介入，什么也没说。

所有这一切都是在布景的最低层——也就是厨房地板前面

的——舞台前沿发生的。我突然感到这布景离观众太远，除非地板上画的白线标示的并不是剧场舞台的真实边界。我越来越确信，通向儿子们卧室的楼梯跟第一版的有出入，而第一版的那个楼梯在演出里非常适用。我认真地跟舞台设计师一起在布景里走来走去。他有一只假眼，留着胡子，咧嘴笑时露出黄牙。他很自信，笑面孔很多，总是回避我的问题。在“为人民服务”的标语下，我停下问他是不是改了楼梯的位置。我说，这样一改，楼梯跑到了房子外面，在建筑上是不合理的。他不加辩解就承认了，跟助手一起笑起来。整个剧组的人都望着我们。显然，这里谁都知道谁的事。下一个问题是冰箱的位置：冰箱被放在布景的中央地带，如此将导致所有的活动都以冰箱的白色表面为背景。我让他把冰箱调整到布景的最右边。如此种种……

我想到乔·梅尔齐纳（Jo Mielziner）是如何说明他为《推销员之死》做的布景设计，以及表演应如何改动以适应其设计的。乔是天才，我认为那是他最好的设计。他的意见使这出戏更加完美了——在这第一个版本里，每个角色都投入其中，所有的事情都显示出意义。在这个设计中，三个房间在三个平面上。事实上，我在舞台说明中原本就指出要有三个平台。可是，三十多年过去了，我仍然不断接到戏剧学院的来信，询问我有无对布景做什么改动。现在在中国，也有这样一位设计师，面对一套完美地解决了所有问题的布景，仍然要添上自己的创造，把一截楼梯移到室外。他很可能是想留下自己的印迹，无论如何，这总比漠不关心要好。

我坚持做了不少改动，他也完全同意。在右边，我把斜伸向后台的网格藤架换成竖直的棚架，又重新摆了第二层两个男孩的床铺。

不过，这些都是小事情。这几个小时里的最重大的收获是：我随口告诉了英若诚，威利跨过厨房的边界进入舞台前沿时，其实是进入了自己的内心世界；这件事似乎令他十分惊异，他马上回头把我的话告诉了舞台设计师；设计师不再嬉笑，三四个听见英若诚的转述的演员似乎也受到了震动。我原以为剧本已经清楚地说明了一切，现在看来事实并非如此，这意味着我要放下手边的事情，给大家讲讲这出戏的结构——它展示了威利的心路历程。我急于进行这项工作，只是我的大脑还没有恢复过来。

因为自己也有过数次横跨太平洋的旅行，英若诚明智地劝服了我今天不要做什么工作。于是我们又回到长条的坐席上，互相磨合感觉彼此。我再次问演员他们自己与这出戏有什么联系，演二儿子哈皮的年轻演员举起手来——这种常见于教室里的姿势显示出某种程度的拘谨或胆怯。但愿这只是暂时的。申小心地翻译，有点结巴。我提醒自己对她要有耐心，因为我已经被英若诚流畅的同步口译惯坏了。这位青年演员说："这出戏里有一点很有中国特色，那就是：威利很希望他的儿子有出息，中国人也总是望子成龙。"

大家一阵轻笑。

"你是说他想让儿子们赶上、超过别人？"

"是，当然。"

我未曾指望这么早就出现这种进展，这可是在中国。但眼前的中国已经完全不同于我五年前惊鸿一瞥下的中国和我在报纸上读到的中国。在过去，公开挑战统一的教条是不可能的，以笑声欢迎这种挑战更不可能。可是现在，我在笑声里感到了对变化的新奇感，尽管我还不敢说，这笑里没有一点儿因为冲撞了某种道德而产生的紧张感。在后来的交谈中，其他演员也用自己的经验证实了哈皮的观点。当他们的话里再也没有新见解时，我明白过来：他们实际上是要告诉我，他们跟这出戏有关联，这出戏对他们来说并不十分陌生。于是我们互相走近了一些。我很感激他们的这种努力，并向他们表明了这一点。

这时，有位小巧的姑娘捧着一摞服装草图进来。这些彩图相当出色，我连连称赞。英若诚笑得有点居心叵测，在场的人也都笑了。英若诚说：服装组最善于制作 20 世纪 40 年代的西式服装；事实上，那个年代之后中国再也没有上演过外国戏，自那之后所有的一切都关闭了。我想这就是革命的实质，不只 60 年代中期开始的“文革”是如此。照此说来，我现在来中国导演这出戏接续了中国与西方文化交流上的连续性——在我写这出戏的 1949 年，这种连续性刚好被切断。这种巧合带有宿命的味道，有点不可思议。

就像其他地方的排练场会出现的情形一样，在场的所有演员都围过来看这些草图。不用说本的牛仔装和查利的灯笼裤，就是其他普通样式的美国服装也反衬出演员们穿的蓝布衣裤实在很糟。我惊讶于他们曾过着怎样的生活：灾难；短暂的喜悦；生存和事业受到影响；为维持基本生计而努力。我必须了解这些。有不少人看起来体重不足。

这处排练厅的装饰也令人回味。土黄的色调让它看起来好像防御工事。剧院由一位中国建筑师设计，于 50 年代建造完成。这栋建筑毫无特色，褐色水泥的墙面点缀着线条生硬的罗马式门楣，上面有个透气的穹顶，如同一所英国男子中学。它反映出世界上大多数剧院——包括百老汇的剧院的——丑陋之处。真正美丽的剧院只

排练厅。（图 / 苏德新）

能在欧洲见到：布拉格的几座，莫斯科大剧院（Bolshoi），尤其是维也纳的约瑟夫国家歌剧院（Josefstadt）。在建造体制化、权威化建筑的主张之外，这些剧院也没有忘记戏剧的理念。

从世界的两头观察彼此，我们当然更关心现在。但我了解到，六百多个军人曾占据了剧院的排练厅。容纳这么多人，那时厕所的样子肯定不可言状。我想要知道更多的事。

英格和我的旅馆房间很小，女儿瑞贝卡（Rebecca）的更小。瑞贝卡两周之后就要回去上学。她觉得这里如同天堂，因为街上有那么多小孩。在她眼中，这些小孩都是十个月左右大。美国只在一年半以前停过一次电，而这里的住宅总是光线昏暗。不过我听说情况会逐渐改善，比如鸡蛋已经不属于定量供应的食品。但牛奶还是。我曾在路口看见，老人和刚有小孩的年轻父母在买牛奶，卖牛奶的人在他们的配给证上划勾。这种购物点实际上就是一辆平板车，往往停在胡同口或小路上。售货员都戴着白帽子——跟其他地方一样，这是食品行业的标志。

这一切让英格感觉似乎身处一个刚刚结束了战争的国家——“二战”时她在德国。我也有这样的感觉，这一切让我想起了40年代末的法国和意大利。那时什么都缺，每个人都吃不饱，但仍然急着用多一点的色彩装扮自己；街上的公共汽车都很破旧，院子里、街道上，人们绑啊、焊啊，想修上已经散了架的旧东西凑合着用。在意大利的弗格亚，一个高级公寓的客厅里只有一只20瓦的灯泡，除此之外没有别的。北京的晚上很黑，但似乎安全得很。我必须要问问这是怎么回事。街上看不见警察，不管是白天还是晚上。

但生活并不总像田原牧歌一般平静。有天街上出现了一支宣传队，拿着话筒的年轻人站在路口，举着标语牌，督促人们遵守公共道德——讲礼貌；遵守交通规则，不随便横穿马路；不乱扔垃圾，不随地吐痰。如果他们的环境能减少一些煤烟污染，那就更好了。

北京好像没有草地，只有光秃秃的显然不能保持水分的土地。我后来了解到，为了防止蚊蝇滋生，人们拔除了杂草；这样做是否有效，不得而知。植树活动方兴未艾。沿着机场路，有上千公顷的苗圃，种的是槐树苗和另外几种速生树种——因为它们还没有长出叶子，我没能辨认出品种。五年前开阔的田地不见了，代之以大批正在兴建的公寓楼房，有些已经有人入住。

我们乘车离开机场时，坐在我身边的英若诚说："这些就是威利讨厌的公寓楼，对不对？"他还住在老房子里，有个小小的院子，对此他那些住进楼房的朋友都十分妒忌。这让我想起20年代的布鲁克林和布朗克斯。我们搬家离开哈莱姆到弗莱布许的原因之一就是，我十分羡慕表兄家周围的乡村野地，在那里可以尽情玩耍。我有了一点点怀疑：这出戏真的像所有人猜想的那样对中国人来说太陌生吗？北京的城市布局已经非常像美国，平房中杂以六层的公寓楼房。让威利百感交集的社会变迁，这里的人们是否一样熟悉？

这就产生了一个问题：美国的20年代是否等同于中国的80年代？这一时期提出的口号是："致富光荣！"人们难免要思量，中国为什么没有在经济方面取得更大的进展。也许，是观念阻碍了中国人发挥聪明才智。中国人自己似乎也持同样看法；人们已经没有太大的兴趣继续怨恨，他们现在只想建设国家的现代化。他们声称，这四年里取得的成绩已经超过过去的25年。也许这就是起飞？

听英若诚说完这通评论——威利会讨厌这样的楼房，朋友们都羡慕他的小院——"下一代人会不会再做改变，离开楼房去寻找老式的四合院？"我问道，他笑了，说很有可能会出现这种情形。他知道，这种建筑上的复古运动已经在伦敦、旧金山、纽约和其他地方出现了。为什么现在的中国不会这样？她先要穿越经济发展的光年。

我告诉剧组：要是这出戏能打动中国人，那它对证明人性的共同点也许会起点作用。这时，我感到自己已经不明智地逾越了界线，因为大家一时都沉默起来。如果不是那样的话，也许他们只是没有理解我的话。中国人如果不是更甚，至少也像其他民族一样，急于维护自己的独特性。这种统一的人性之说，听起来有失恭敬。在这个阶段，人们不愿意听人说，他们跟别人没有什么不同。我恐怕还是多说了几句；是否果真如此，还要过一阵子才能看清。

我又说起美国人对《推销员之死》将在中国上演这件事很感兴趣，他们想知道中国人会如何看这部纯美国的戏。听到我这样说，大家似乎很高兴。

问题来了，英若诚很担心戏里的地名会让观众感到困惑。除了这几年纽约和波士顿有较多中国移民，中国观众大都对哈特福德、沃特波里、普罗维登斯以及新英格兰一无所知。英若诚已经念叨了两三回，说我们必须想办法解决这个问题，同时又要忠于原作——据他说，他的翻译甚至没有改变我的句子结构。我也不知道此事该如何解决，至少目前还没有头绪。

他还担心演出的时长。我到北京之前，他已经让演员们过了两遍台词，每次都要用四小时。我告诉他，不可能要用这么长时间，这实在荒唐可笑。现在，他才带着一种抱怨情绪对我坦白，演员们的语速实在太慢。我说："好吧，我们催他们快些。"我又问："只是在这出戏里慢，还是别的戏也一样慢？"

"我觉得所有的戏都一样，我们说话没有你这么快。"

"但是能不能变快？"

"好吧，行。我想我们能行。"听起来他没什么把握。

"我要是逼他们，他们会不会反对？"

"我想不会，你就说太慢了。"

"我当然会这么说！"

英若诚。（图 / 英格·莫拉斯）

“我们放了李·科布（Lee Cobb）版的录音，大家有点被各场进行的速度吓到了。他们不知道怎么才能达到这种速度。”

“是不是中文语速比英文慢？”

“你知道，我说不准。”

于是，这成了我们的第一个文化障碍。但是我一点顾虑也没有，我知道如何克服这个困难：也许出于某种无知，我不认为语言节奏可以脱离内在动机和故事的紧迫感，只要有了动机和紧迫感，演员们自然就会掌握正确的节奏。

我打开从美国带来的大纸盒，里面装的是橄榄球、头盔和护肩。我帮比夫戴上头盔和护肩，引来一群人围观——演员们喜欢转移一下注意力。演比夫的演员笑起来十分开朗，富有感染力。他长得很像蒙古人，又黑又高，有一副牧民的笔直身板。他35岁左右，梨形脸，下巴又大又方，仍然不失英俊。大家围着头盔和护肩闹了一阵才又回到座位上。我们重新讨论起推销员。

英若诚首先发言：“我觉得大家都知道推销员是怎么回事。”他怎么改变了以前的看法？

比夫坐在沙发里，还戴着头盔和护肩，说：“现在城里大街小巷到处都是推销员。”

我问道：“但不是长途旅行的推销员吧？”

一阵沉默。他们好像开始用一种新眼光审视自己的城市。演查利的演员发言了。他是个瘦高个儿，经常上电视，是中国最有名的演员之一，最近还在根据鲁迅小说改编的话剧里扮演阿Q。他说起话来轻声细语，外貌比实际的50岁要显得年轻。我很难把他和威利最好的朋友——粗笨无知像个农民的查利联系起来。不过他确实有这个角色需要的温和的一面，也许我们可以从此入手进入角色。他和英若诚、朱琳是剧团元老。朱琳五十开外，演林达。查利说道："我想，人们对西方的事物越来越熟悉了。现在我们这儿还没有旅行的推销员，不过已经有了私人开的小店……"

英若诚干笑着说："他们的服务更好。"大家都笑了，笑中别有意味。我觉得十分有趣，他们跟我一样急于发现此时此地这个国家的状况。在纽约的时候，英若诚曾经提起，中国没有推销员，观众会感到很难理解这出戏。时隔不到一年，情况已经发生了变化，英若诚的看法也随之改变了。我越来越感到，演员们跟我一样不能确定中国观众对这出戏的接受能力。

朱琳 / 林达——插言道："我们国家还没有保险。"英若诚这时接替了申翻译；只要跟他在一起，我就会完全忘记自己不通中文；他的翻译毫不迟疑，与说话者几乎同步。朱琳，据我所知，是中国话剧界的巨星，却没有一点明星的架子，一点也不装腔作势。她穿着普通的扣到领口的蓝布上衣和便装裤，神情严肃到几乎悲伤的地步，但转瞬间就会大笑起来。她转向英若诚，似在征询他的意见："我不知道观众能否理解保险是什么，尤其是威利为此而死。"她又问我："他是自杀，保险公司还会付钱吗？"

"很可能会，毕竟很难证明那不是一场车祸。"

这又是一个文化难题。但我的信心并未动摇，虽说我自己也不明白为什么。我觉得，如果演员们的表演是发自内心的，这些问题都会迎刃而解。但是我的时差还没有过去，我提醒自己。

“‘我’在各国语言里，都是一个单音，只有日语是例外。”英若诚说。工作结束后，我们留下来，喝着残茶，闲聊。剧组的演员陆续出了排练厅，走到外面，骑上自行车，进入茫茫夜色之中。英格一下午都在拍照。她已经和剧组的女演员们打成一片，因为她能用中文流利地回答她们的问题，让她们对西方女人的好奇心得到一些满足。我们走在街上时，她总会招来路人——不管是男士还是女士的——瞩目，也许因为她总带着相机，也许因为她的装束。我们穿着同一种样式的丛林夹克，这种装束和本地人的穿着一样缺乏性别特征，大概是这一点引起了人们的兴趣——当然他们没见到她打扮起来的样子。与四年前相比，现在的街景可算是五颜六色：女人们把自己装扮起来，尽量远离以前单调的颜色。

英若诚从不隐讳自己对日本的看法。这种看法在中国很普遍，但很多人不便直言。英若诚的父亲曾是北京大学——这所大学由英若诚的祖父创办于 1890 年[2]——校长，日本人因此对他十分残忍。英若诚从不放过机会，声言日本文化的许多方面来源于中国。他论述道：战后日本利用它的富有、与美国的关系以及与欧洲的贸易，不惜财力物力大肆进行文化上的公共宣传——其实它的插花、园艺、书法和戏剧，只反映出其中国母文化的冰山一角；贫穷的中国没有文化上的代言人，忙于抵御外侮和进行内战，世界其他地方的人难以了解中国对人类文化的贡献。

[2] 这里作者的陈述与事实多有不符。英若诚的父亲英千里曾担任台湾辅仁大学副校长。英若诚的祖父英敛之于 1913 年创办北大预科“辅仁社”（辅仁大学的前身）。

我想起飞机上遇到的一位日本乘客，他坐在我旁边，从纽约前往东京，是位公司负责人。得知我前往中国，他跟我谈起中国人，说自己曾跟中国人做过生意。吃饭时，看到我似乎很享受飞机上的日本餐，他非常高兴，自豪地说："日本饮食很基本、很简单，实际上这也是我们整个文化的特点。中国饮食则过于精致，佐料很特别，搭配也很奇怪。"

我问他中国人做生意如何。他立时变得吞吞吐吐，但还是向我坦白了一些："他们一般很难对付。"

"怎么讲？"

"很难跟上他们复杂的想法，他们非常隐晦，你知道……"

我盯着这张日本面孔："你是说狡猾？"

"经常如此，是的。当然，他们做买卖的历史比其他地方的人都长，这些是古老的习惯。"

"你觉得他们现在会不会成功？"

"比起以前在旧体制下的情形，他们现在组织得更合理。但是，他们不能创造出高质量的生活水平，我认为，他们得有一个大改变才行。"

第一天工作结束了，我心中充满了希望。我总是对中国人充满希望，对这些演员也不例外；我感到自己与他们有了某种联系。但是我的大脑仍然发木，不听使唤。我希望自己不是自欺欺人。虽然我昏头昏脑的，但还是没忘了感谢曹禺让我们使用他的车和司机——显然，我们在中国期间，这位司机就是我们的了。曹禺已经七十多岁，动过好几次手术，现在住在上海。他对没有来迎接我们表示了歉意。我感觉——只是感觉：他和英若诚对这出戏寄予了很大的期望，甚至超过了我本人。虽然我还不明确这期望具体是什么，可是我知道，这种期望确实存在。

三月二十二日

上午九点整到达排练厅，见到了英若诚、戏剧家协会秘书长刘厚生，还有一位热情的50岁左右的健壮妇女——她叫周宝佑。无论春夏秋冬，她每天骑车45分钟上下班，因而身体特别健康。

周女士是中国娱乐界的排故专家，包揽解决交通问题——购买飞机票或火车票、健康问题、食品供应问题，还要让外国人相信没有上帝他们依然安全。我后来得知，她的父亲是一位银行家，他将全部身家投入革命事业；她曾在一所基督教学校学习英语；她如此热爱生活，与“文革”之后的开放自由有关，也与她子女的成功有关——她的儿子在美国学音乐，女儿在国内上大学。总之，她说，自己想“做点贡献”，而帮助这出戏成功是她能做的最好的事情。

刘厚生是周宝佑的上司，花白的头发理得很短，穿着整齐的中山装，神态温和而幽默。我确信，作为剧协的最高领导，他有不小的权力。此时我急于进行第一次剧本通读，并不想深究他们的政治背景。

周女士说，我们必须想好如何应对22位外国电视台和报社的记者，以及比这多得多的中国记者——这些记者想就这出戏的制作采访我。我手里已有十来个由剧协转来的采访请求。谢天谢地，她没有透露我的电话号码，但她同时说不知道这秘密能保守多久。谈了一阵，我才弄明白，这些中国同行已经被饥渴的媒体包围，他们希望我能满足所有的采访要求。我有点吃惊，因为我原以为这些媒体压力会令他们厌烦；事实与我的猜想相反，他们认为，这些采访要求提升了我的重要性，因而感到非常高兴。听见他们的中文谈话里CBS（哥伦比亚广播公司）、ABC（美国广播公司）、NBC（美国国家广播公司）不断出现，真是十分有趣。我最后决定，只要简短，我可以分别接受各家媒体的采访。我想这大概行不通，但试试也无妨。

到了十点，我们聚集在一间大房间里，剧组全体演员在靠墙围成一圈的沙发上坐下，人手一本剧本。听见威利进来，林达在卧室里喊："威利！"这第一句台词出来时，现场有片刻紧张。令我吃惊的是，我只靠手里的企鹅平装本就可以轻而易举地跟上对白。英若诚的翻译极为成功，甚至节奏——向高潮的发展或向沉静的减弱——也与原作完全一致。几分钟不到，朱琳和他就自然而然地成了这一特定社会阶层里的一对夫妻。真是难以置信，他们只排了几天就达到了这种程度。往后还有六周的排练时间，我还能做什么呢？

无论演古装剧还是现代剧，朱琳都是一位经验极为丰富的演员，用英若诚的话来说，属于重量级。她已经知道，林达要防止威利走极端，在他积极的时候她就高兴，在他不能承受现实的时候她委婉地说出真相。她对威利就像对一个正在学走路的孩子一样，时刻伸出援助之手。在他们俩的对话里，我找不到丝毫夸张的痕迹。我一直担心——现在也仍然担心——出现夸张的表演。但这会儿，他们挨着坐下，凭空造出了洛曼夫妇的卧室，给人身临其境的感觉。英若诚极有控制的表演让我想起奥利弗（Laurence Kerr Olivier）爵士——他总是只根据剧情需要表演，自如、直接、毫不费力，但是有些情绪变化，英若诚的表现有些重复，我们今后还需要再调整。通读剧本变成了不脱离剧本的排演：他们对角色已经持有较稳定的看法，而不只是在揣摩了。我原来一直担心，他们与角色之间的距

洛曼夫妇。（图 / 苏德新）

离会阻碍他们理解角色的内在情感；让我高兴的是，即便有所缺失，他们的表演并不乏真情实感——至少看起来是这样。如果他们只是在装扮模仿“美国人”，我不会这么容易就跟上每句对白。

一读完剧本，我就请演员们告诉我，剧中有什么地方不符合中国习惯：“剧本里有没有这样的事，要求你这样，而中国人并不这样做？”一阵沉默之后，演哈皮的演员发言了——英若诚为他翻译：“当你兄弟——假设比夫——说他要睡觉，你却还要跟他说话，我想中国人不会那样。”

英若诚解释说：“他不是指不礼貌，他的意思是，当听者说想要睡觉时，中国人不会还急着要把话说完。”

“那你是说，美国人比中国人更急于把话说完。”

“对，没错。美国人无论如何都要把话说完，而中国人却觉得接着说下去没什么用。”

“是出于礼貌？”

“不，不全是，也许是认识到某种界限。到了一定的界限，能做的不过如此。”

我想，几分钟后演查利的演员问的问题，跟英若诚讲的中国人的这种心理仍有一定联系。今天查利穿一件两种灰色搭配的毛衣，显得更加温文尔雅了。他说：“我不明白查利为什么对威利那么好。”

“也许因为可怜他。”

“啊。”他点头。但我觉得他并不真的相信。

“也许有种人就是这样，有同情心，老想帮助别人。”

“是。”他说，仍然在揣度这种可能性。我喜欢他，这位演员能自己整理信息，问出有分量的问题。

“你知道，他们是老朋友了。”

“是，我知道。”他停了一阵，然后说，“我觉得在中国一个人不可能对别人这么好。”其他人对此话没什么反应。

这件事让我想起第一版演出选演员时遇到的问题。霍华德·史密斯（Howard Smith）和导演卡赞（Elia Kazan）闹了场误会。霍华德是个惯于大喊大叫的喜剧演员，多年来一直表演杂耍歌舞；后来，他在一出滑稽剧里扮演一位老派的有个十来岁女儿的糊涂父亲，才开始踏入戏剧界。他在《亲爱的露丝》（*Dear Ruth*）里的表演非常成功。霍华德从没有演过正剧，也不想演，因为那时喜剧的上演期比正剧长得多。霍华德身材魁梧，彪悍，金发有些稀疏，有着一副响亮的男中音。他读了剧本之后，拒绝演查利这个角色——其实，这是他到那时为止碰到的最好的角色。卡赞、布隆加顿（Kermit Bloomgarden）和其他朋友们都劝他改变主意，但都无功而返。他总是说：“这戏太可怕了，这么悲伤的玩意儿有谁要看？”

大家想不出别的办法。最后，我约他在布隆加顿的办公室里单独见面。卡赞已经告诉我他拒演的原因，但我装作什么都不知道，问他为什么这么讨厌这出戏。他说：“老天爷，这个人太可怜了，他儿子跟他说话不三不四，再加上他的老板。谁也不尊重他。简直太可怕了。”

“除了查利。”我一说这话，他的神色就变了。他愣住了。我继续说：“查利给威利出主意，借给他钱，即使在工作时间对他也是有求必应……”

他坐在那儿盯了我一阵，终于开口："我再想想。"到了晚上，他接下了这个角色。这个人物符合他的性格——固执、实际、正直，也许有点笨，但是充满了人情味。霍华德是个成熟的演员，他不管做什么说什么，都很靠得住。

我们已经排了两周多，处处受阻。亚瑟·肯尼迪（Arthur Kennedy）、李·科布、米尔特利·丹努克（Mildred Dunnock）、卡米伦·米歇尔（Cameron Mitchell）围着我和卡赞不停提问，霍华德却一个问题也没有。他在玩牌那一场的表演特别精彩。在那一场里，威利对着查利和想像中的兄弟本——玩牌时本就紧挨着查利——说话，查利当然不知道威利有时跟自己有时也在跟一个幽灵说话，他只是觉得威利越来越不近情理。霍华德把这种神秘感处理得微妙细致，他一直对威利说的话感到奇怪，但并不过分表现出他的迷惑不解。

直到有一天，他让我们大吃了一惊。他停下表演，抬手遮住晃眼的灯光，往台下的黑暗里张望。"我能问个问题吗？"他说，"盖格[1]，你在那儿吗？"

"我在这儿呢，霍华德。"卡赞说，"你有什么问题？"

指着自己身边饰演本的演员汤玛斯·乔默（Thomas Chalmers）——这位演员身材伟岸，气概非凡，原是大都会歌剧院里的男低音——霍华德问得很郑重其事，显然，这个问题已经困扰他多日："我看得见他吗？"

卡赞斩钉截铁地说："你看不见。"

[1] Gadg，卡赞的昵称。

“我应当一点也看不见。”霍华德跟着说，好像很高兴。

“一分钟也看不见，一点也看不见，从头到尾都看不见。你当然看不见他，霍华德。”

“好，很好，我也这么想。”

显然，霍华德只是简单地听从卡赞的指导，不去看本，但并不知道具体的理由。他一直疑惑不解，终于忍无可忍，把心里的疑问说了出来。对受过斯坦尼斯拉夫斯基式训练的其他演员来说，这件事既可笑又令他们难堪：他们为了使自己的表演真实可信，绞尽脑汁地研究自己非要这样或是那样做的理由；可台上演得最真的这位演员，却并不清楚自己在做什么。

35 年过去了，在世界的这一头，此时此地，又有一位演查利的演员。经历了难以承受的种种残酷的事情，这位查利应当问：为什么人们对威利这么坏？可实际上，他问的是：为什么查利要对威利好？

我问剧组的演员们，是不是应当早些上演这出戏，比如在 1977 年或是 1978 年就上演。他们马上回应说——好像这是显而易见的——这出戏不能被当时的观众理解。我想他们是指当时的观众不会懂得这出戏的形式。在过去，人们能看到的只有八个样板戏。而在过去五年里，中国国内已经有数部外国话剧上演，现在的观众——尤其是占其中绝大部分的青年观众——都渴望看到新的艺术形式。

英若诚说：“我在 1978 年就给剧团念过《推销员之死》，但是大家不喜欢，原因当然是那时大家对美国的社会结构还没有什么认识。现在，谁都看过外国电视和电影，对西方生活知道得很多。我们觉得，就是《推销员之死》的意识流手法，中国观众也有心理上的准备。他们会很喜欢这出戏的。”

我想起，我写这出戏的时候，内心也曾十分怀疑。起初，约叔亚·罗甘（Joshua Logan）贸然为此戏投入了一千美元；读了剧本之后，他把投资减去了五百。有天排练之后，我和卡赞在大街上碰见了他，他以为我们听说了他对这出戏没什么信心，显得很窘——其实我们当时还不知道这些。他劝我们应当快快去掉本伯伯以及威利所有的幻觉，理由是，观众们完全不明白他们是在过去还是在现在。一言以蔽之，当时美国戏剧也是以现实主义为主。

我不断地让演员们提问，不仅是想知道具体的问题，也是想借此判断他们对这出戏以及对美国的认识。最后，饰演波士顿女人——威利在波士顿时，经常跟这个女人一起过夜——的演员问道:“她是不是个坏女人？”这位女演员有一张圆圆的脸，身材丰满，十分性感。英若诚立即解释说，中国人觉得只有坏女人才会这么随便。我觉得他并没有用玩笑的语气。

我掂量着如何回答这个问题。我感到这位演员、英若诚甚至整个剧组都希望这个女人不是妓女——所谓的坏女人。我告诉大家，这个孤独的女人有固定的办公室工作，不是妓女；而且，她真心喜欢威利，喜欢他的夸夸其谈、他的感伤；他们一个月有两次在一起吃晚饭，像一对夫妻似的过夜。这种解释让大家如释重负。我很难补充说，她跟两三个推销员都有这样的关系，但仍然不是妓女或是坏女人——这种解释即使在美国某些地方也难以让人接受。

我不敢肯定大家已接受了她并非坏女人的解释，对此我也不想深究。我只希望，这位演员不要把这个角色演成一个中国荡妇。我不相信他们对西方两性问题有正确的认识，尽管我也不清楚中国的两性问题。记得我们1978年访问中国时，公共场合里夫妻没有拉着手的。而现在发生的事同样耐人寻味：美国使馆前的一片灌木被清理了，据说它会引起不正当的行为。

既然开始谈两性的问题，演哈皮的演员举手发言说，中国观众大概不能理解他扮演的角色。这个演员让我感到有些意外：他个子瘦小，黑色的直发很长，垂下来遮住了左眼；他的笑很招人喜欢，但有点不确定，甚至躲闪；他24岁，比起所演的哈皮来，显得太年轻，而且就哈皮见女人点火就着的脾气，他显得过于被动。但我不断告诫自己，这些性格特点在中国会有不同的表现方式，我不能过分强求于他。英若诚为其他角色选择的演员都十分恰当，从这一点看，这位演员即使看起来有点不对劲，也应当错不了。

“是什么让你以为观众不能理解？”

英若诚解释说：“我想他并非指观众不能理解哈皮的性格发展，而是说这出戏没有对哈皮乱搞女人做出批评。在中国，只有流氓才会像哈皮这样谈论女人、骗人。”

“你是说观众会觉得不自在，因为这个角色又很有同情心？”

“对极了，就是这个意思。”

英若诚给大家翻译了我们的对话，他们都笑了，但有些不自在，看来这个问题让他们有些困惑。

我决定把这个问题暂时放一放。我要让他们更迫切地思考问题，这种迫切的心情会提高他们对这部戏的认识水平。反正这出戏上演两天之后，我就离开了。

我问朱琳她对自己演的角色有什么想法，现在中国能不能找到这种类型的妇女。

“哦，很多很多。很多妇女还是成天围着男人转，她们只考虑自己的男人，不怎么想自己。”大家都向我点头。现在告诉她这是对林达的误解还不是时候。我更重要的工作是雕琢细节，而非给出泛泛的意见。

演员们希望我对角色做些说明，但在我这里，更重要的事情是对这个国家做一番了解。我问：妇女的这种态度虽说很普遍，但是否被认为是老式的、过时的？大家说，当然是过时的。我又问坐在一起的比夫和哈皮，他们这一代人里还有没有像林达这样的女人。他们觉得我的想法不可思议，通过英若诚跟我聊起来。

英若诚翻译道：“现在的女人都自食其力，这是整个婚姻关系的基础。实际上——”他笑了，停了一下，从镜框上边望着我，一脸滑稽：“现在是女的让男的走人，而不是相反。”大家一阵哄笑。他们明白，这是当今世界的潮流。

我不时感到，朱琳和英若诚——尤其是他——在表演中，透露出对威利这个角色的一种居高临下的优越感。也许他们是不自觉的，也许我领会错了。昨天我觉察到一次，今天又发现了两三次。这种优越感难以言传，但它会导致一种危险的讥讽的表现形式，让英若诚无法把威利演到最后。我不能确定他现在是否已经认识到了这个角色的真正难度。无论如何，我不能让这出戏变成讽刺剧。

我宣布：“我想就威利这个角色发表几点意见。”大家立刻安静下来。这下我明白了，他们在排演之前总要花上几天甚至几周的时间来讨论剧本。就像其他地方的演员一样，他们喜欢泛泛的讨论，而不是艰苦的排练。当然我也知道，这种类型的剧团不急于做任何事。我说："大家都知道，威利傻，甚至荒唐，他说的谎话很容易被揭穿，吹牛吹得没边儿，等等。但我要大家看到，他行为后面的动机并不是愚蠢的。他不能接受现实；因为他无法改变现实，他总是更改自己对现实的认识。"我现在有点触犯界线了。我注意到有人开始同意我的观点,但同时有些不自在。查利全神贯注地听——我想他不会同意我的观点。我继续说道："他并不傻，他知道，如果不做点什么自己就会被摧毁。他用谎话、借口来对付周围的邪恶世界。使人类进步的正是他这种活动家，不是吗？虽然如此，这种人也会带来灾难。不能接受失败的人不能适应自己的生存环境，对不对？你要看到，他荒唐行为背后的原因——他真正面对的事情，显而易见是十分严肃的。实际上，威利的挣扎带有一种高尚的意义。也许，他因此拒绝变得宽容，拒绝放弃。"

沉默。显然，他们从来没有从这个角度考虑过这个精神病的角色。我担心起来，很可能他们一直想以讽刺的形式或其他能让演员以及观众释然的方式来表现这出戏。我这才看出为什么英若诚坚持由我来导演这出戏。虽然我不否认他基本上把威利看作一个悲剧人物，但是他的那些台词念得过于平静过于顺畅了。

本提出问题。这位演员个子不高，模样有点凶。他眼角深深的鱼尾纹就像京剧花脸的线条，尤其当他眯起眼睛听我讲话时。

他问："本伯伯是不是个鬼魂？"

"鬼魂？"

"对。"

"我不明白你的问题。"我怕误导了他——更正一个错误的认识要花很多天。也许对他来说，这个想法很有吸引力。

“中国戏里没有鬼魂。”

“真的？我怎么印象里有。但这无关紧要。我知道的是，你不能去演一个幽灵，你只需要演威利的兄弟。”

“啊！”他对这个解释似乎很高兴，“不过，实际上我死了吗？”

“哦，是的。你存在于他的记忆里，有这样那样的，实际上可能并不存在的性格。我是指，你必须像威利想的那样演这个角色。他对威利很重要。你要过一段时间才会明白这些。目前，你不必想幽灵的事，只管把自己当成威利的哥哥，到南非去挖钻石矿，很成功。”

获得了这种认识，他很高兴。感谢上帝，这才是真正的演员。

英若诚却不是很满意。他说：“我想米勒先生是指，本有时是他自己，有时只是威利想象中的样子。换句话说，他跟剧中其他人一样，既真实又不完全真实。”

“这并不矛盾。”我说，“我们都记得实际生活里的人，但是这些记忆并不客观，我们会将他们的特点强化，甚至漫画化。这要看他们对我们有多重要，是不是这样？”

英若诚明白了之后，把我的话翻译给本，本似乎理解了其中的含意，不住地点头。在这儿，弗洛伊德也派上了用场。

现在查利又提出了新问题。我感觉情况好起来了：大家已经放松下来，不再像学生似的举了手才发言。英若诚说：“他想知道，他跟威利玩牌带不带赌注。”

我还没想到这件事。实际上，他们玩牌带一点小赌注。我问：“中国人是否经常玩牌？”

“噢，我们都爱玩牌，但是从来不玩赢钱的。”

我想起五年前我在延安散步时看见的一幕：在城郊的田间，有伙人玩牌正玩得起劲，旁边的地上摊着钱，每出一张牌，人们都会大呼小叫一番。我知道当时中国国内禁止用纸牌赌博，这样做是犯法的。我并不提及政治，只是问：“那一场能不能下点小赌注？”

“如果需要，当然行。”出于舞台设计上的考虑，抑或仅仅因为复杂的布景装置几乎排除了这种可能性，以前的各版演出从未用上赌注。有意思的是，没有人问到政治方面的问题。

这是我经历的最严重的时差反应，现在它还是没有过去。晚上七点我回到剧院，我们第一次通读第二幕。我相信演员们会做得跟先前一样好，所以他们读剧本的时候，我基本上保持沉默。结束的时候，英格流了泪。

这一天最奇怪的感觉产生于读完剧本后我们坐车回旅馆的路上。我又一次意识到，不用英文剧本参照我就能跟得上中文的对白，一句台词都不曾落下。我甚至觉得中英文句子的长度也几乎一样。真是不可思议。问过英格，我才知道，中文台词的内容有时与英文的很不同，其中用了很多形象的中文比喻。比如，威利向儿子们讲起他非常成功的推销旅行：“Knocked’ em cold in Providence, slaughtered’ em in Boston.”中文译成：“在普罗维登斯把他们震趴下了，在波士顿把他们震了个倒仰！”[2] 节奏和感觉奇怪地

[2] 本书提及的《推销员之死》剧中台词，或取用原文，或取用英若诚先生的译文。——编注

相似。

看见床铺，我倒头就睡，但是过几个钟头总要醒来。我仍然头脑发木像被麻醉了似的，但情绪并不低落。从今天开始，我会每天工作 15 个钟头——七点起来吃早餐，然后坐车去剧院，晚上十点排练结束后才能上床。虽然如此，我仍然盼望着这些紧张的日子的到来。

三月二十三日

今天只安排了九点到十二点的工作，因为晚上我、英格、瑞贝卡要和剧组一起去四川饭店吃饭。英若诚说，那是世界上最好的饭店，只有它才当得起特指冠词“The”。我有了心理准备。

我想从打牌那一场开始排演。首先，演威利和查利的两位演员德高望重，排演一定会成功，如果他们演得真实可信，其他人会受到鼓励。另外，这场戏里的角色只是坐着，省去不少舞台布景，我们大家因此能够把精力集中在人物性格上。再者，本在这场里也有相当重要的表现。我越来越觉得这位演员深不可测，也许是因为他的眼神和深深的鱼尾纹显得有点凶狠吧。

英若诚和查利坐在厨房的桌旁，我给自己拉了把椅子，离他们不过几尺。我们一开始就遇到了麻烦：没人知道怎么玩卡西诺牌（casino）——这是剧本中指明的牌戏，可是我上中学的时候就忘了这种牌怎么打。第一版演出中演威利和查利的李·科布和霍华德·史密斯嗜赌成性，当然不用人指点，无师自通。如今我只好老实说我并不知道怎么玩这种牌，又问他们能否想个类似的中国牌戏，把它编进台词——只要在特定的一行让威利嚷嚷“那是我的呀！”就可中断游戏。

英若诚说：“我们可不可以玩十三点？”我觉得没什么不好。他和查利于是坐下玩牌，每次出牌都配上对话。到了出 A 的时候，威利叫道那是他的牌。整个过程只花了几分钟，我祝贺了他们。

“老天爷！”英若诚笑了，“有三年半，他跟我除了在树下玩十三点，成天什么都不做。“文革”时，我们都被下放到干校种水稻。现在我们俩闭上眼睛也能玩。”

他的话勾起我一直想问的问题：“文革”对这个剧院的影响到底有多大。答案很简单：有好几年剧院的一切工作都停止了。整个剧团停止演戏，但是工资照发。演员们虽然烦躁郁闷得要死，但还不至于彻底绝望。

英若诚认为，这种把人们从办公室和专业领域里赶走，但是继续发给他们工资的做法，维持了社会的稳定。但是剧场是不是都关门了呢？

“并没有。”英若诚笑了，“还演样板戏。”由谁来演呢？“京剧演员，他们不知道发生了什么，或者知道得很少。京剧演员从八岁起就开始学演戏，不受其他教育，就像芭蕾舞演员。他们看到剧团一百多个演员无所事事，不演戏，也不会觉得有什么不妥。”

“就是在这个排练厅里，我们玩了好几年十三点，然后又被送到乡下。”怪不得他们能一次到位。

我看到，就这些演员而言，他们能淡然地看待自己的遭遇，能

查理和威利排练玩卡西诺牌这场戏，剧组的人在围观，米勒从旁指导。（图 / 英格·莫拉斯）

排练打牌一场。（图 / 苏德新）

够对那时的遭遇发出大笑，就好像一群年轻人在谈论夏令营里的疯狂举动。我希望以后能了解到更多这类事情。

我怀着这些想法，站在那儿看查利和英若诚表演，把对话和打牌对上。虽然查利外表过于整洁，不够粗犷，但我见到他就认为他符合这个角色。原因很简单：他和英若诚早有默契。现在他们共坐一桌，灰色的光线从大厅上方的一排小玻璃窗透入，照在他们身上。我体会到无数历史事件在此汇集：这出戏写在中华人民共和国成立的那一年，为这两位演员此时的表演埋下了契机；在这个排练厅里，他们曾不情愿地学会了打牌，又年复一年无奈地练习着牌技；如今，也是在同一个地方，这种牌技派上了用场。

我来之前，他们就已经开始排练，因此我现在可以把本加进来，粗线条地排打牌这场戏。我未曾指望跟他们一起工作的感觉这么好。我发现他们很快，甚至是太快地就接受了我的建议，经常不怎么关心为什么要这样或那样做。不过他们看起来训练有素：在台上姿态优美地从一处移动到另一处，即使在没有台词的时候仍然十分入戏。本的动作尤其优雅。他有抑扬顿挫的声音，但在我听来不太自然，而且他时刻都设法面对着观众。经过一个多小时的排练，我决定通过打牌这场戏。我还是有些担心他们不假思索的表演习惯，但他们总比那些不停地讲自己对角色的理解的演员强。

威利看到了他的哥哥本，本的出现让威利不能接着玩下去——解释了这段戏的心理发展之后，我想等大家对角色熟悉了之后再进一步讲解。我忽然发现自己在说，我想从开头起排练。我最初并不准备这样做。可能因为他们的演技给了我很深的印象，我想就此进入排练，而不必先入为主地先概括情节和角色。现在不上布景排演，他们也许更有可能找到与剧中角色的共同点——他们擅长无布景表演。

于是在中国，威利·洛曼提着两只皮箱破天荒地出场了。他马上就有了麻烦，这两只箱子太大了，得换成小点的。威利念叨着什么，开了门锁，进到厨房，放下箱子，搓着手，念出第一行感叹的台词："够呛，真够呛。"这时我向林达躺的床上望去，床居然是空的。英若诚也到处张望，寻找林达的踪影。她就在我身后，一边穿大衣一边温和地微笑着告诉我，她是市人大代表，现在得去参加选举市长的投票。她挥手说了再见就走了。今天的排练到此为止。上午没有排练了，整天也不再有，因为晚上我们要出去吃饭。

演员偶尔因紧急情况缺席排演实属正常，纽约的剧团排演新戏时也会遇到这种情况。但我认为，在国营剧团里，这种缺席已经成了家常便饭。国营体制好的一面是：这里的演员在相当长一段时间里能演到很多角色，发展自己的技艺，而不是像美国的演员那样，一夜走红，然后又销声匿迹——美国的多数演艺人才就这样被埋没掉了。坏的一面是：这里的演员过上了一种单调无味的生活，缺乏竞争。老演员无论如何都能继续演戏，领一样的工资，即使他们对剧团来说已经毫无价值。这其实意味着一笔不小的开支，而且他们还占着年轻人的位置。如同俄国、瑞典、奥地利和德国的一些国家剧院，这里的中老年演员过多。多年以前，我从瑞典皇家剧院的一个化妆间门口经过，瞥见里面有位年过九旬的老人坐在垂着花边窗帘的窗前，拿着放大镜读剧本。这一幕很温馨。

他终身享用着化妆间以及薪俸，但在另一边，年轻人正急不可待等着他退场。

晚宴上的食物的确美味，但是没发生什么值得一记的事情。我昏昏欲睡。在欢迎外国人的场合，人们常常就是谈论饮食，一般不会提及什么重要话题。不过之后，我们——英格、瑞贝卡和我——跟着英若诚去了他的家，见到了他的夫人吴世良。他的家在一条曲折的胡同里，昏暗里穿着胶底鞋的人影无声地走动。没有什么不安全的感觉，也看不出哪儿有治安警察。这样的场景，让人倍感神秘。这窄窄的街道，灰色的砖房，低矮的房檐，高耸的屋脊，不带窗户的沿街山墙，尤如中世纪时建造的。英若诚说："可能一百年前就是这个样子。"他加快脚步，去开院门，实际上是预先告诉在家的妻子："来客人了！"

吴世良站在小屋门口迎接我们。她是位圆脸的知识女性，看上去精力充沛。她跟英若诚一样活泼，英语水平也不在其下。他们几十年前是大学同学，又在同一个剧院工作过，那时她也是演员。长方形的客厅里到处都是书，一直摞到房顶，很多书是英文的；还有台电视机，一直开着，正在播放机场上欢迎某位政要的仪式。我们围着屋子中央的一张大桌子坐下。没有人想到要去关上吵人的电视，我忍不住问电视里播的是什么。这时吴世良才想起电视还开着，军乐队的演奏离她不过一尺，她赶快关掉了电视。大概因为生活环境拥挤，这里的人们普遍习惯于嘈杂的声音。排练时，台下的演员们一边看排练，一边照常聊天，并不压低声音，台上的演员对此也毫不在乎。我在中国的剧院里看过实际演出，观众一边听着台上的戏，一边自顾闲聊，只在幕间休息时才停下——可能是说累了吧。人们向我保证,《推销员之死》上演的时候,观众会保持安静。走着瞧吧。

实际上，我关心的是，有什么东西能使这出戏与中国发生联系。

三月二十四日

晚上十点，排练结束。我想给哈皮添一些这个人物应有的活力，结果累得精疲力竭。他们都离开了，褐色墙壁的大厅里只剩下我和英若诚。我们试图解决这个问题。我一开始导演两个男孩在卧室的这场戏，就觉得困难重重。我想把问题说得委婉一些，因为英若诚还要考虑自己演的角色。这场戏给以后的所有情节提出了一个基本问题：比夫如何才能创造令自己满意的人生，同时又能达到父亲定义的成功。一看到街上的景象和演员们简朴的衣着，想起我所知道的人们的住房和生活水平，这个经典的美国之谜顿时显得虚无缥缈起来。对演哈皮的演员，我该用什么样的中国的事情来比喻大洋彼岸的美国人对成功的渴望呢?

英若诚不只是翻译、演员，也是个外交官，不管他是否愿意，他面对我时代表的是整个剧院。我认为，这种责任使他的诚实打了折扣。可是，哈皮的问题关系到了这出戏的成败。我还不想换下这位演员，但是我无法改变他的温和。另外，我未受训练的听力也能觉察出，他说起话来有点奇怪。我问英若诚：“我怎么觉得他说话跟别人不太一样，有点发飘？”

英若诚似乎警觉起来，嘴角露出一丝笑意：“你能听出来，真了不起。”

“他不使劲咬字，有点吞音……听起来像外交官或是播音员。”

这位演员大概 25 岁，头发油亮乌黑，身材瘦削，长相英俊，是剧团里最年轻的演员。在台下，他敏感，轻声细语，动作和手势透出一种不自觉的雅致。让他演哈皮几乎是个错误：剧中的哈皮高大健壮，粗鲁，反复无常，时常自怨自艾——所有这些特征这位演员都不具备。不过，他英俊的长相意味着某种程度的自恋，这也许能通向极为自私的人物性格。他也很聪明，第一天见面，他就指出，中国父亲望子成龙的心理跟威利对比夫的期望很相似。我最初就觉得他是个清教徒而非寻欢作乐的浪子，这种印象现在更深了。演到哈皮与比夫穿着睡衣在卧室里说话这一场，我给了他一顶礼帽、一把梳子，让他边说话边整理。他只是匆匆梳理了一下头发就把梳子放回到衣袋里，戴上帽子后也没有仔细地照镜子自我欣赏一番，而是顺手一戴又马上摘下——他没法一边打扮一边谈话。英若诚比自己没演好时还要沮丧，他说：“你听出来他说话奇怪，真让我吃惊。但确有其事，他受的就是那样的训练——剧院里这样说话的演员不少。我在翻译中试图打破我们以前惯于使用的台上语言，因而他这样的说话方式尤其会损害我的译文。但是我仍想留下他，我觉得他能改。”

他好像比我还沮丧，不愿意看到我失望或整个排练受到影响。

我想给他打气，就说："他演快节奏的戏还不赖，你知道，没时间咬文嚼字，只能快说。"

"我马上就提醒他注意……"

这样，我们仍然对他怀有希望——在这一点上，我比英若诚更甚。如果这位哈皮说话的方式显得不真实，实在有些遗憾，因为英若诚别出心裁、竭尽全力地把洛曼一家的语言翻成了现代的北京方言。正如我曾经指出的——英若诚也认识到了（作为一个外国人这实属不易），洛曼一家不爱使用普通人的语汇。实际上，他们独特的用语在剧中不时出现，映现出威利头脑中自己和比夫出人头地，进入上流社会的幻象。

这些让我想到，传统的中国艺术重视形式甚于真实，总是设法改变而非反映真实的视觉和听觉的感受。中国人扬弃了幼稚化的自然主义，开始在戏剧和其他艺术领域触及生活的复杂性，但他们缺乏表现方式。这是中国戏剧现在的问题。我会在以后写下更多的感想。我现在看出来，人们对《推销员之死》期望甚高，主要是因为：它连续从这一场过渡到下一场，突破了传统的舞台形式，改变了常规的时间概念，同时仍然能够在情感上打动观众。

因为威利对成功无比渴望，我要求英若诚讲一讲成功对中国人来说意味着什么，英若诚认为，这个问题在年轻人——包括他的子女——中普遍存在，他们希望自行其是同时又有利于社会。那么，金钱在中国代不代表成功？"当然代表。"他回答说，"专业技术越高，级别也越高，收入就越高。人人都尊敬颂扬劳动人民，但谁都想尽快脱离这个阶层。"

我一直没有时间问哈皮对这个问题的看法，这也许能让我更了解他，也让他更了解他的角色。只要能打破他在第一幕里的斯文，什么方法都应当试一试。

在每出戏的制作中都有这种时刻：蜜月结束了，怀着一个活的而非死的孩子由此诞生的期望，真正的婚姻开始了。我虽然仍是一句中文也不懂，但是在排练快结束的时候我却发现，比起以往，那些中文听着有些刺耳。英格坚决否认有这回事。我猜自己之所以会有这样的感觉，既因为我时刻都想要突破这门难懂的语言，结果却总是沮丧，也因为中文本身就有这样的特点。无论如何，第一幕排练了两三次之后，我意识到我注意的不只是语言，还有演员们的意图。我现在认为，不少演员演得有些不真实。

从开场看来，林达似乎十分入迷地全心全意地爱着威利，其实她有很强的个性和自尊。朱琳变得柔声细语起来，特别是在她担心威利会自杀，请儿子们挽救他时——这段台词长达两页。我叫她停下（尔后，我担心在别人面前纠正她，是否有些失礼），尽量温和地提醒她：她并不是在怀念死去的丈夫，她丈夫还活着，正面临着一场危机，情况紧急，不容她自怨自怜。在这一场里，她的任务是叫比夫在纽约找份工作，把想要自杀的老伴儿挽救回来。

注视着她的眼睛，我感到很放心——好演员总是能让导演放心。她有那种智慧的火花，也有人称之为机敏，她知道演员对某种感觉应当收放自如。她经验丰富，不至于不知道她刚才那样做不过是在争取观众的同情。我现在害怕起来：她的聪明到最后会胜过我，让我捉襟见肘。无论如何，她重新开始演这场戏时，变得简单直接了，没有或几乎没有柔声细语。我知道，她本人跟演哈皮的演员一样，

朱琳，扮演林达。（图 / 英格·莫拉斯）

属于传统类型——在现实生活里，她就是一个柔声细语的母亲。可是在这出戏里，过于多愁善感会使人陷入没有头脑的纯感性的泥淖，到最后这种感性也成了一种不确定的自恋，不再是什么感性。我想起多年前在纽约观看的犹太人剧团的一些演出，里面的母亲角色总是动不动就要流泪，似乎哭是犹太母亲的一大特点。回头再想想，这个特点也并非专属于犹太人或中国人。早期电影——大都是由爱尔兰出身的演员出演的——里的母亲也总是动不动就会哭。爱流眼泪一定代表着社会进化的某个阶段，与种族无关。

三月二十五日

新闻发布会。我终于同意接受这种集体采访。不然，我就要花很多时间分别接受提出采访要求的中外记者的采访，大部分时间都在说一样的话。发布会在剧院里的一个大厅里进行。英若诚和我面对着五十来位记者，其中有四五个美国和加拿大的电视摄制组，还有十来个美国摄影记者。

记者们这一次提的问题既不琐细也不愚蠢：为什么要选这出戏？这是不是一种批判美国社会的宣传？中国观众真能领会美国的环境和威利的性格吗？在角色创造方面，中国演员和美国演员有什么不同？他们能表现出剧中的幽默感吗？中国社会有没有相似的情况？这出戏会不会不公开上演，只有少数人能看到（显然，以前出现过这种情况）？票价多少？戏票公开出售还是只发给单位？

我做出积极回应的姿态，虽然我们只进行了两次全天排练，我还没弄清所有的问题。我告诉他们，我很快就学会了读懂中国演员

英若诚、英格·莫拉斯和阿瑟·米勒在新闻发布会上。(图 / 苏德新)

新闻发布会。(图 / 苏德新)

们发出的信号；虽然中美两国使用的信号很不相同，但是它们都反映了人们的深层感受。我指出人类的感情是共通的，并表示我希望这部美国戏的中国版能再次证明这一点。

在角色创造上，我只能说，演员们进入角色似乎没遇到什么困难；这出戏对他们来说肯定有一些难以理解的外国元素，但有利的因素也同样存在：中国人重视家庭——家庭正是这出戏的核心——而且长期以来，家庭奋斗产生的社会关系一直是中国人生活的重要部分。

至于幽默，至少剧组演员在需要笑的时候会笑，因此，我认为观众也会这样。中国社会当然存在与剧中情节相似的情况，因为就我所知，全世界的人都想出人头地。即使这里还没有旅行推销员，根据剧本中国人也能知道个大概。无论如何，推销员有很重要的象征意义：我们都必须把自己推销出去，让世上的人相信我们有我们自以为有的个性。

英若诚回答了那些关于剧院和演出的问题。当然，他是国内的明星，记者们都知道他，也相信他的坦诚。他说：票价一元（合 50 美分），谁都可以到售票处去买，买得越多越好（我感到他试图表现得比实际上更有信心）；只要公众还有足够强烈的观看需求，这出戏就会一直演下去。他不赞成通过向单位或其他机构销售戏票而勉强观众来看戏的做法；他说："实际上，这样做恰好证明了你的失败。"

这听起来越来越像在百老汇。有个记者插话，问我有没有就这出戏要上演多长时间与中方达成协议。我说：关于这个我还没想过，我想只要观众愿意看，这出戏就会一直演下去；当然，50 美分的票价比在美国便宜得多，上演期也要长得多才对。

这个话头让我们谈起了纽约的票价。我来中国前不久，美国大使剧场（Ambassador Theatre）正在重新上演《桥头眺望》（*A View from the Bridge*）这出戏。我试图说服他们把 18 到 32 美元的票价降低一些，结果无功而返。英若诚插话说，他看《猫》（*Cats*）花了 45 美元。中国记者们惊叹起来，感到难以置信。45 美元比在座的大多数人一个月的工资还要多，有些人的月工资只有这个的一半。

我想新闻发布会最精彩的部分是英若诚就宣传问题所做的回答。他颇为自得地说："当初我们宣布准备排演这出戏时，台湾报纸做了很多评论。他们说，曹禺和英若诚真是疯了，以为他们会被批准在北京演这个戏，更不用说阿瑟·米勒会答应亲自来导演了。"他接着说："显然，有些人觉得排演这出戏是一种宣传。但实际上，我个人的兴趣在于它的美学价值。我认为这出戏会打破使我们裹足不前的常规，从而打开我国剧作的一个新局面。当然，像其他演员一样，我喜欢扮演威利。"

因为中文说写都十分流利，英格被特别介绍给大家。去某个国家拍摄之前，她总是要先学会当地的语言，因为她相信语言意象能引导她看到视觉形象的更深处。她去苏联之前，就先学会了俄文。她没有对大家提起，她还精通另外五种语言。

我答应对所有电视记者开放排练厅一个下午，不然，一个一个地接待摄制组太费时间了。4 月 15 日之后，我会挑出一个下午。麻烦的是，我要把"排练"装成"导演"——事实上，我很少上台干涉排练。

三月二十六日

昨天晚上的排练结束以后，英若诚问我明天能不能让他独自为剧组对台词，言语间带有几分难以察觉的恼怒。他说，因为只是例行公事，我不必到场。我很高兴他的提议，因为大多数演员还需要提词，每一场都演不下来。英若诚记得自己的全部台词，却总是被别人连累。我请他提醒林达注意，把心思集中在威利而不是她自己身上，要忍住哭泣的冲动。我还要他跟比夫谈谈，因为我觉得他的表演同样有点感情用事。英若诚精力异常充沛，情绪稳定，不抱任何幻想，也从不失望。他说会尽力帮助这两位演员。我知道，这出戏有了朱琳这位大明星参演会更卖座。我也很感激她没有一点架子，总是愿意听取导演的意见——当然，不是全都采纳。她每天都穿一样的咖啡色裤子，一样的咖啡色线呢棉上衣。我有点庆幸我们之间不能直接对话交流，不然，她肯定会告诉我她为什么要这样或那样演。现在，我们就像两个哑巴，我只说必要的话，她只需要点头微笑，总是带着一点我以为是惊讶的表情。我要跟她缠到底。她这么好这么有魅力，不应当把精力浪费在流眼泪上。

我们的哈皮那样子讲话，并非英若诚想的那样是后天训练造成的。实际上，这种口音来自于他的出生地，离北京 50 英里[1]的一个小镇。知道了这个之后，在他与比夫的第一场戏演到半截，他正要夸耀自己在搞女人和做买卖上有多么成功的时候，我让他停下。英若诚不只一次地告诫我，只需要给他一句话的指导，不用跟他讨论哈皮的性格或者他与比夫之间的互动。我对着二层的卧室喊道：“你只要高兴起来就足够了。这个人物总是感到高兴！”他的笑让我感到放心。他重新演起来，好像已经这样演了好几个月。他的紧张感消失了，那种悲剧的气氛也随之而去。但是，他的气质仍然不对。

比夫表演中的感情用事大大减少了。有一处，比夫从床头的箱子里拿出旧橄榄球头盔，说：“我一向坚持绝不虚度一生，可是……我所做的一切都是虚度一生。”这里其实几乎没有自怨自怜的情绪。我告诉比夫，这只是个讽刺的议论，一带而过，而非哲学上的总结。他于是重新念这句，带着一种自嘲的微笑，然后把头盔扔回箱子里，走开了。相当不错的表演，加强了人物性格。这么快就调整过来实在难得，这也反映了演员的演技高超。我纳闷的是，我们强调演员要有“内在生活”，但这个概念对这些中国演员真的适用吗？尤其在眼前这个舞台上，整个剧院似乎与反映真实生活相去甚远，更接近规范和程式化。比夫和哈皮能改变得如此之快，很可能只是即兴发挥。

[1] 1 英里约为 1.61 公里。50 英里相当于 80.5 公里。——编者

星期一我一定要开始排第二幕，所以现在必须抓紧时间，趁热打铁。我上了台就开始排第一幕吵架那场。我指出高潮在哪里，让大家练习台词和动作，以求达到此处需要的快节奏。我比谁都高出一头，我的声音也最响。喊出高潮那段威利的台词："那你在这儿扯些什么？"比夫愤怒地回应，以及哈皮的："等一下，我有个主意。"此时，我伸出手臂，用出了最大肺活量，大家吃了一惊，显然没想到声音会大到这个地步，好像昭示了某种不可预料的危险。大家似乎急于重新演一遍。这一回演得如此疯狂，连旁观的演员也噪动兴奋起来，有的浅笑，有的大笑。英若诚把自己演爆了，最后激动到忘了台词。不过大家都体会到了高潮那段必须达到多大的音量，台上终于有了兴奋起来的感觉。

第一周的末尾，我觉得他们能创造出美国式的表演，也就是这出戏要求的直截了当地表现行为上的对峙冲突。我开始感到林达的表演特别出色。下午最后一次排练时，她表现得简单多了，演出了一个威利可以依赖的女人，而不是一个跟在他后面打扫收拾的主妇。我想自己对她有这样高的期望，是因为她在台下的言行举止里有一种充满智慧的居高临下的高贵气质。排练结束时，我终于告诉她：第一幕中有一处林达说："他的命就攥在你手里。"这时其实需要她哭。她瞪大眼睛，好像有点惊讶，然后又深深点头。但愿我懂得这点头的意思。

英若诚的演出已经炉火纯青。他是行家，感觉机敏，乐于尝试任何新事物。他跟曾饰演威利的卡格尼（Cagney）身材相似，腿都有些短。卡格尼极有才能，能够面无表情地走到台前，毫不费力地调动情绪，表现出威利对几十年前的成功感到的全部喜悦——在那个时刻，通过比夫，他感到胜利的神话近在咫尺，他能够战胜生命中的所有挫败。

英若诚对威利的感觉越来越准确。威利是个小个头拳击手，专打快拳，他从不妥协，不断要求生活给他意义、价值和荣耀。有一天，我发现自己站在那儿讲了一通，令自己和众人都感到惊讶。说的时候，我有点后悔。但是，忽然我明白过来：虽然他们取得了非凡的进步，他们仍然只是演员；我本人才是解释这出戏内在意义的权威。我自顾自地说道：在这出戏里，对威利的爱是联系所有人物的一条红线。这种爱并不是崇拜，而是不自觉地认识到，威利在用笨拙的不合常理的方式实践着一种信仰——人的潜力应当得到无限的释放。人们常常受不了他，想躲开他，但是他不在的时候，又会想念他。也许他生来就不会玩世不恭；他是一个真正的信徒，高举着一只火炬。这火炬如果熄灭了，我们会觉得生活暗淡无光，只有过去，没有将来。他永远都指向未来；虽然他形容不出，也不能活着见到，可是他还是一样热爱着他的未来。

《推销员之死》实际上以一种离奇的方式讲述了一个爱的故事：一个男人和他儿子之间的爱，以及他们二人对美国的爱。

讲完之后，我觉得自己做的不过是让他们感到困惑。但是，两天以后，美国使馆为剧组举办的招待会结束，我们乘车离开时，英若诚以典型的中国式的淡然口吻提起，他正设法把我的讲话写下来。显然，当时这些话使剧组大受感染，尽管他们面无表情，不显出丝毫感动的迹象。这种事真叫人发疯。无论如何，我能做的就是把该说的话说出来，并希望它能起作用。

我承认，我以前没有发现中国人很容易害羞。现在我才知道，他们必须要挣扎一阵，才能说出自己的意见。英若诚就是这样。除非被问到，否则，即使知道自己是对的，他也从来不对错误意见表示反对。胡同里常能听见人们大声吵架，但他们的情绪要积累很长时间才会越过界线——当然，一到吵架的地步，那肯定是痛快淋漓。我在美国可没有像现在这样费力地让演员们说出自己的意见。我觉得自己比以前更能读懂演员们的眼神，昨天我就觉察到查利仍然拿不准他善待威利的理由。他承认确实如此。我告诉他，之前我忘了向他说明查利对林达有很深的感情，十分崇拜她。他的脸一下亮起来；这个他能演出来。另外还有悖论的一点：他对威利擅长想象怀着一种嫉妒，威利的泼辣和他的乏味形成了强烈的反差。查利可以取笑威利是个傻瓜，但绝不会对他感到厌烦。这番解释似乎起了作用。

三月二十七日

星期天我们休息，我和主要演员参加了美国文化参赞利昂·史洛维奇（Leon Slowecki）在他的寓所举办的午餐会。奇怪的是，我没有看见比夫和哈皮。这间非常现代的公寓在一座公寓楼的顶层；几座同样的楼房被圈在一处名叫“外交公寓”的地方，外国记者以及所有外国使馆的雇员都被指定在这里居住——大使则住在使馆内。这间公寓让我想起水门饭店；这里的一切都布置得井井有条，因主人的不断更迭而缺乏活力。

我们吃了带血的牛排、熏三文鱼、波兰火腿、炸鸡，还有现烤的面包。中国人不在意换一换口味，一点也不。

使馆副馆长傅立民（Charles W. Freeman）主管美国使馆的政治处，好像深谙历史。他和参赞都能说一口流利的中文。两人都四十来岁，年富力强。史洛维奇平静地说，中国观众要是不看有关情节及如何理解它的介绍，根本不可能看懂这出戏。我听了暗自沮丧。在这之前英若诚刚说他正准备写这样一篇文章，看来很有必要。

当客厅一角只有我们两个的时候，史洛维奇说，在中国，事事都带有象征意义，往往失去了本身的意义。因此，你要亲自说明解释，不然人们只会相信报纸所说的。

我想他是担心这出戏会被简单地当作美国生活来宣传。这也是我担心的。当然，我知道中国人喜欢追究每件事的喻意。其实，不只是中国人如此，欧洲大陆人也是如此。英国人对待艺术——尤其是戏剧——的态度则不同，他们只关心戏剧作品的直接所指、动作和情节，把人物性格、内在主题和社会意义留给学术界去关心。午餐会结束的时候，我真有点担心。乘电梯离开时，我要求英若诚一定要写一篇这出戏的简介，他答应尽快写出来。

阿力克斯·诺斯（Alex North）是原剧的音乐作曲，我要他寄来我们可能用到的音乐的录音磁带和曲谱。阿力克斯马上照办，并表示愿意亲自来指挥中国首演时的乐队演奏，那样又会有新的录音。但是经费不允许这样做。在第二天或是第三天排练时，我让音响师在 20 世纪 50 年代东德制造的录音机上放这些乐曲。这台录音机让我胆战心惊，我总担心演到半截时，它会坏掉。演《推销员之死》不能没有录音机：录音机既要播放音乐，又要播放至关重要的音响——这些音响要在重要时刻引导演员们的动作和台词。可眼下这台真空管录音机早该进博物馆了。

英若诚和剧组全体成员站在那里，倾听墙上小小的扩音喇叭传出的乐声。当长笛响起，我再次感受到了它表现威利内心渴望的那种慑人魂魄的力量。我仍然认为这是阿力克斯最好的作品，他由此走向了好莱坞，并在以后的25年间，先后赢得了八次奥斯卡音乐奖的提名。听着这段音乐，我不禁想起，在纽约，卡赞的地下工作室里，阿力克斯坐在立式钢琴前第一次弹出这段音乐时的情形：他叼着香烟，他的大鼻子和巴塞特猎犬一样悲伤的眼睛笼罩在烟雾里，他天真地望着我们，好像在问这曲子是否还过得去。

我只听了前面的几小节，感到十分满意。但在后来的排练里，我发现有的部分荒唐费解。听到后面我才发现，除去长笛和大提琴的演奏，还有整个交响乐团的加入；原来这个录音版本是为马奇·弗里德（Fredric March）主演的电影所做的配乐。把它用在舞台上听起来有些唐突：戴着德式毡帽的威利，可怜又孤单，却有这样一个大乐队做烘托。英若诚于是做了安排——按照首演的乐谱，重新录制音乐。这要在北京广播电台完成，全北京只有那里才有像样的录音设施。

录音带上的交响乐让我想到电影。我一点也不喜欢这部电影，尽管饰演威利的马奇·弗里德演技精湛，我们原把他列为话剧版威利的第一人选。因为他参演这部电影而不能赶来试演话剧，我听说了便去见他。他告诉我这件事的时候，面有愧色。我想，实际上他可能是担心话剧表演失败，才会拒绝出演。他真不知道，一出戏是可以演了再演的。

那部电影很失败，它只表现了威利自闭的一面，把他演绎成了一个神经病人。我想在50年代，这种处理可能是为了避开被指为“批评美国社会”的政治风险——在当时这样做是很危险的。

电影完成之后，哥伦比亚电影公司邀请我去看在电影放映之前必放的一个短片。这短片要随这部片子在所有影院放映。短片的内容是纽约大学商学院一些教授的讲课，他们试图说明：洛曼是个低效率的推销员，推销员这一行业没有问题，《推销员之死》是个愚蠢的故事。短片结束时，哥伦比亚公司的负责人——我想他花费了大约五十万美元制作这部诋毁性的宣传片——问我有何感想。我回答说，如果可能的话，我会起诉他们利用这个短片攻击我，他们是自找麻烦。这部短片从此没有再出现过。

我的情绪忽起忽落。第二周排练就要开始时，我发现自己正在探究为什么我要来这里导演这部心理复杂的戏。如果没有翻译，我根本不能和演这出戏的演员交流；我不知道自己能否理解这些人，他们的面目表情不能透露些微内心的感受，虽然有一两次例外。在片刻乐观的时候，我感觉自己从他们的眼神里看出了越来越多的内容，但我仍然不确定这是我的幻觉还是真的如此。无论如何，我现在明白为什么中国总能像镜子一样反映出西方人的投射了。比如，西方人总有中国人道德高尚的印象。

英若诚很担心观众不了解人寿保险会影响他们对这出戏的理解，因为威利自杀就是为了给比夫留下一笔保险金。中国还没有人寿保险，至少目前没有。但我今天恰好读了《中国日报》，了解到：中国人民保险公司于 1980 年组建成立，其业务包括为财产、汽车以及生长中的庄稼保险，已经取得不俗成绩。现在，他们正在多个省份试点开展养鸡业保险甚至人寿保险。了解到保险在中国的发展情况，英若诚有些惊讶，同时也很高兴，但他仍然打算在节目单中对保险做一番解释。跟德国人一样，中国观众也很仔细地阅读节目单。无论如何，推销员和保险业是威利所处环境的关键，不先了解这些，观众如何进入剧情呢？

三月二十八日

今天上午，排练到第二幕威利到查利的办公室，遇见伯纳德——此时已经是个成功的律师——这一处，我停了下来。我越来越担心场景离观众太远。舞台进深很长，分为高低不同的两层，一千三百个座位的剧场里，肯定会有人看不到。

这座剧场建于 20 世纪 50 年代初期，当时京剧院也曾争取剧场的使用权，毕竟剧场的规模足以演出他们最大场面的剧目。英若诚和曹禺以及其他人艺领导，都力争在新剧场里演出话剧。后来，京剧院放弃了竞争。

大厅里有周恩来与剧团演员的多幅合影，我认出其中几个人是我们剧组里的。

今天上午，剧组发生了第一次冲突，当时演到了这一段：大家跟着比夫去埃贝茨体育场比赛橄榄球，伯纳德要求替比夫把护肩拿到运动员更衣室，比夫同意了——哈皮则替他拿着头盔。这使哈皮（演员）很生气。我正在研究剧本，后来才发现英若诚正在哈皮和伯纳德两人之间调停。过了一阵，哈皮让步了，但还是显出不情愿的样子。英若诚尽量显得中立，说："哈皮不高兴，因为他觉得护肩比一个小头盔重要，他是比夫的弟弟，那护肩应当是他拿才对。"演伯纳德的演员走过来说，这样演是尊重剧本原作，剧本里就是这样写的。我只能同意伯纳德的话。我把哈皮叫来对他解释——由英若诚翻译：头盔虽小，但是作用很重要，也许比护肩更重要。他不相信，看见老演员们有点忍俊不禁，他也笑起来，觉得自己有点唐突。他姐姐在北京一家最好的餐馆当服务员，这家餐馆也很便宜，她让哈皮（演员）带大伙儿去那儿用餐。

人们安排我们住进了竹园宾馆，说这里更舒适。我们有两间房，位于走廊两头，每间都不大，但是这里的空气很宜人。这里的餐厅实属一流。像中国所有高级住宅一样，这里也是高墙竖立。大楼分两层，部分灰砖，部分抹灰，走道全部由大红柱子组成。另外还有几座豪华的独层套间，我们的身份当然不够住进去。我在中国工作的报酬是免费食宿和交通，而且除了睡觉，我们基本上不在这里，因此我应当对这两个小房间感到知足，再抱怨就显得有些自以为是不讲道理了。从我们房间的窗口望去，错落有致略呈凹线的斜屋顶别有情趣。窗外有棵还没有长叶子的大柳树，另外还有几棵修剪成蟠龙样子的槐树。当然还有一道大铁门——从铁门走出去就是胡同。

今天从附近散步回来后晚餐时，在餐桌上遇见三个美国人，大家聊了起来。他们的工作是到世界各地销售并指导安装他们在纽约罗彻斯特的工厂设计制造的齿轮的车床。他们刚去过俄国和日本，现在又来到了中国。据他们说，日本人仍然从美国人手里买东西，因为这样做比较划算，不必掌握太过复杂的技术。听到这些，我感到既高兴又惊讶。这些美国人相信，中国人用不了多久就会变得很有竞争力，因为他们细心好学，而且聪明；相比之下，俄国人比较死板，不能突破美国人制定的操作程序。他们想知道我在中国做什么。我说，我正在导演《推销员之死》。他们很熟悉威利·洛曼和这出戏，只是记不起来作者是谁了。

我越来越担心演员们把戏演过火，这种情况越来越频繁了。冷眼旁观，我看到的是夸张的大笑、手势，以横眉立目表现生气，或以拥抱表示同情。我想这是一种露天表演的风格。今天早上文化参赞说的话不无道理，这里的话剧观众比普通人的水平只高出一点点。我发现，如果我只是简单地告诉一个演员不要比划、皱眉或是碰撞，他会马上就改正，一点儿也不觉得有什么不妥。实际上，他们总是立即让步，好像已经成了一种习惯。当然，我还没能证实我的这一判断。

晚上，出于对这个社会的好奇，我打开了房间里的电视。我发现，电视里有同样过火的表演。这真是十分奇怪，要知道，你在街上看到的中国人行为言谈都像英国人一样保守而有分寸。只有一处例外：他们爱看别人书写，不管是谁。一次散步时，我掏出记事本写下我所在那条街的名字，以防走失。这时我发现两个男人站在我身后看着我写字，一点也不觉得这样做有什么不得体。我回头望着他们，他们友好地点头，等着我接着写，甚至在我已经用餐不下十次的旅馆餐厅里，服务员在我签支票的时候总要俯身看我签字。人们感兴趣的只是书写这种举动。

排练厅的尽头有一面大镜子，昨天我进去的时候，发现高个儿的查利穿着宽松及膝的银灰和蓝色条纹的缎子衣服，正对着镜子两手撑开，优美地踢腿迈步，迂回，转圈，然后再重复。他在练习一出古装戏。练罢，他把服装放进箱子，拿出纸牌，准备排跟威利打牌的那场戏。这在时间上的跨度可能是好几百年。

休息的时候，我想讲一讲剧本，剧组等着我找到要讲的那一处，这时传来了一阵笑声。我抬头发现林达正从布景的二层走下来，她还穿着咖啡色的裤子和线呢的棉上衣，笑得有点不好意思。我问出了什么事，有人告诉我，她刚才在模仿里根总统上台演讲。我请她再演一次，她起初不同意，但终于答应了。她的姿态像极了里根：耸着肩、脖子僵硬地向后仰，在台上大步走过，一跳就上了半尺高的平台，一只脚抬起，转身面向大家，脸上带着愉快和自我欣赏的微笑。这抬起一只脚的样子，像个可爱的洋娃娃，正是竭力标榜永葆青春的里根的标志。而这一切表现得毫无恶意，甚至带有几分怜悯。

我们排的是饭馆那一场。威利以为比夫会告诉自己，他见到了比尔·奥利弗，并向他借到了做生意的钱。这是威利盼望已久的事情。威利跟两个儿子坐在桌旁，比夫告诉他从阔老板那儿借钱真是个馊主意。威利好像听不到比夫的话，只是抓住比夫想见他的前老板这点事，把它吹嘘成一次真正成功的会见。我不断要求英若诚在吹嘘比夫的小事上表现得尽量激烈，最后英若诚说："这个地方我演不好，我是说，比夫带来的是个坏消息，以我的性格很难一点也觉察不出。"

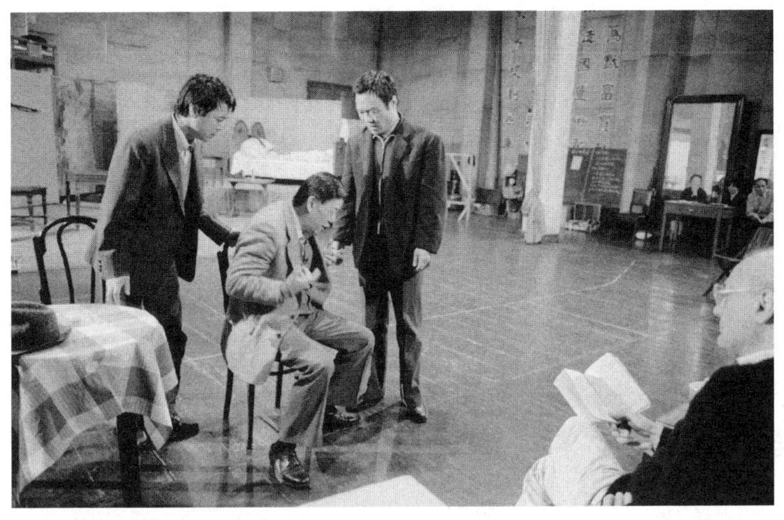

排练饭馆一场。（图／英格·莫拉斯）

我快速地将英若诚的经历在脑中过了一遍，当然是就自己所知的范围。我说：“好吧，你能看见四周灾难连连发生，人和设施都毁掉了，但是，你是不是还是努力想……？”

“天啊，就是这样，对，这个管用。”他兴奋地把我的话翻译给其他演员、舞台监督以及在场的其他人听。大家听了都笑着点头，深深地赞同。“中国人就是这样。”他笑了，“我们总是这样，在没有希望的时候寻找希望。中国的历史一直是这样。”他将威利的小帽重新戴上，又开始去游说他的儿子们。那顶窄边绿呢小帽是东德的，不知怎么进了服装组的衣箱。

三月二十九日

演员们显然都想有自己的舞台来表现，尽量少受导演的影响。他们的表现确实出色，而且这种想法也合乎情理。我只是在他们遇到难题的时候帮他们解决一下。我觉得他们受的是机械的训练，按需要微笑、皱眉、大笑，缺乏内在的心理活动。可是，我害怕在这时指出心理活动会给他们太多压力，我想先让他们以熟悉的方式来表现，掌握动作、台词和需要的表情，过一段时间之后再指出特别的动机、感情，以提高他们的悟性，最后能够放松地把角色演到位。我要做的是让他们相信自己能够演好这部复杂的外国戏，而不是动摇他们的自信心。这出戏目前对他们来说是紧身衣，但最终应当使他们的想象力得到极大的解放。除了英若诚和比夫偶尔有所表现，舞台上还看不到太多的想象力。我开始着急，但其实我们刚排练了十天。

还得私下请来北京交响乐团的四位乐师为剧中音乐录音。不能提他们是交响乐团的，否则就得出一大笔钱。

我经常看见过火的表演。也许，这说明他们的观众也过于简单。但是高水平实在是很难定义。爱贝尔·甘斯（Abel Gance）的《拿破仑》（*Napléon*）、格里菲斯（Griffith）的《一个国家的诞生》（*Birth of a Nation*）等，以及卓别林的所有电影，以当代眼光来看，无一不可称之为表演过火，但是没有人能说这些艺术家过于简单。伯恩哈特（Bernhardt）演伊丽莎白女王临死时，站起来，手背举到前额，又把双手放在心口，再捧着双颊。这时剧务已经铺下十几张垫子，如此这般之后，她终于倒下，还被软垫弹了一弹。

英格和瑞贝卡回来了。她们花了三天时间到洛阳旅行，爬了龙门山，住在所谓的豪华宾馆。这家宾馆冷得要死，她们最后找到了一瓶酒和一包烟。她们喝了酒，但都不会抽烟，只能点着香烟让鼻子感到一点儿热气。通向山顶的石阶有七千级，她们上到了山顶。她们看到人们顶礼膜拜沿路的佛窟。高潮的时刻是在山顶上看日出，但是因为云雾笼罩，只能勉强看到。我认为中国人的气质仍然与其诗歌相近。当我把《推销员之死》比喻成一首诗，演员们一下子安静下来。我指出，把剧情发展的各部分串联起来，就构成了一行象征诗。他们一时被这种想法深深触动，举一反三，把自己的角色也看成其他角色的构成部分。自然表现的现实主义较晚才来到这里，并且没有逗留得太久。

英若诚说，中国戏剧包含了所有形式的英国戏剧——悲剧、喜剧、诗剧、歌剧。我想这表明创造这些艺术形式的才能是全人类共有的。他则认为这表明了这两种社会文明是平行发展的，除去一个关键性的差别：英国和欧洲的封建主义只是零星的，从来没有发展到国家形式的长期统治，而中国则成功地通过统一语言文字和哲学思想建立了封建中央政权，资本主义虽然在中国兴起过，但不能与之抗衡，因此现代的民主和科学始终没能在中国得到发展。到处都能听到这种说法：中国人仍然需要跟封建传统做斗争。我在演哈皮的演员身上也发现了这一点。他个头不高，身材十分匀称，他不会像美国人那样上下前后摇动身体，而当下的中国小青年基本上都会。他走路时两手放在身体两侧，扭头的姿态很文雅，看起来十分拘束。我原以为他只是个害羞的人，却要扮演一个外向的角色；现在看来不是那么简单。比夫则处处都很活跃。他有一张表情生动而外向的脸，生气的时候像凶神，眉毛倒竖，眼睛眯起来。他的问题跟哈皮

比夫。（图／英格·莫拉斯）

相反：他放任自己的感情，几乎忘了剧情的需要，经常演得声嘶力竭。但这比哈皮的机械表演更容易调整。

舞台监督突然拿来一顶假发，据说这顶棕色的卷曲的假发能使英若诚看起来更像西方人。我说我认为这很奇怪——实际上很荒唐。舞台监督自己戴上假发，他说，中国人的黑发不能染成花白，加了灰白的效果就像干草一样。我继续劝说他们不要理头发的事，但是文化的问题出现了：如果这部美国戏里的角色太中国化，观众会怎么想？我不十分肯定他们应当把自己装扮成西方人，我必须要弄清他们是怎么演莎士比亚戏剧的。没准也是涂了大白脸。我希望我能从这件事进入人们的内心，了解到他们的想法。虽然我有言在先不赞成用假发，他们还是想用；对此，我发现自己已经学会了像中国人那样沉默，假装没看见。但是一定要快些想法子阻止他们。

现在我看清了，人们要演《推销员之死》，并且请我来执导，部分动机是想在舞台上再现一种模糊的局面，观众将发现自己开始理解，甚至同情一个不算特别好特别有道德的人。简而言之，要把真实的世界引入中国的艺术。在导演这出戏上，我能比中国人做得更好。

今天下午和英格在住处一带散步，所见街景使我想起“二战”刚刚结束时的欧洲。这里什么都缺，主要食品按配给制供应。

如果没有历史的眼光，很容易对眼前的一切产生误会。这里的街道比美国大多数街道打扫得更为干净，但是每个街区都有散发着强烈臭味的公共厕所——即使在黑暗里，人们也能凭着嗅觉找到它们。那股臭味很刺鼻，带着强烈的氨水味，可是人们似乎已经习以为常，不以为怪。可以想象，没有这种简陋的厕所的时候，这些地方会是什么样子。很可能就像战争刚刚结束时的意大利：街道上粪尿流溢，孩子们就在这样的街上玩耍。当然，不能把所有的事都归于历史，北京正在考虑修建排污系统，并引入煤气管道。

看着街坊四邻开始占用街道，我想起了 20 世纪 30 年代布鲁克林的康尼岛。我想说的倒不是那儿的游乐场，而是那里毗连的街道。我有朋友住在那儿，我上的林肯中学也在那儿。因为那里离海近的缘故，成千上万的人为了出门就能跑到海滩，满足于任何形式的住房。那里住房的拥挤令人难以置信，大客厅被分了又分，直到小隔间里只能放下一张单人床。北京住房的拥挤跟康尼岛一模一样，现在，如同当时康尼岛上的居民所做的，北京人正把房子的前部扩展到街道上，这样又弄出了一小间屋。

经过一个院子时，我瞥见一个男人用公用水龙头接了一盆水。这种现象很快也会成为过去，到处都可以见到正在施工的楼房公寓。

我跟英若诚讨论是否可以用一个跟他发质相同的花白的假发。我在街上留意白发的六十来岁的男人，发现很多中国人在这个年纪并没有谢顶，头发仍然浓密得像中年的英若诚一样，而花白的程度正好。我告诉他这个发现，他仍然显得很犹豫。虽然我对这种使用卷曲的外国人的假发，把脸涂白的做法深为厌恶，但这种传统肯定由来已久，相当顽固。他现在说，可能会戴一种发际后退的假发。可那是什么颜色的，是不是卷曲的？我拭目以待。

三月三十日

犹豫了好一阵后，晚上，我在排练之前讲了几句话。哈罗德·克勒曼是我知道的为数不多的能用演讲振奋起演员的精神而非使他们感到困惑的导演。他会站在那儿兴奋地搓着手，想到哪儿说到哪儿，最后让大家都相信，他们正在进行的某出戏的排演是天底下最重要的事情。可是，我觉得剧组需要对自己的程度有个大概的认识；排练刚进入第十天，还有很长的一段路要走。

我说：现在我们把戏过了一遍，知道了它的外形，但更重要的是要理解它的精神实质；每个演员必须开始听进对手角色的话，并满足于只以合适的方式表现自己的角色，这样才能进入这出戏的灵魂。我发现除了英若诚和查利，剧组的其他演员都没有经过斯坦尼斯拉夫斯基式训练，因此我决定不提议通过这种方式来达到表演上的放松，而只是雕琢这出戏的心理过程，尽可能让每位演员重新认识自己的角色。我的目光恰好落在哈皮身上。我心想，让他扮演这个角色恐怕是个无可挽回的错误，可能会连累大家。我问他是否天生怕羞，要是那样就演不好哈皮这样外向的角色；我们最好面对这个问题，想想解决的办法。

他有点紧张、不好意思，挣扎了一会儿才说："我平常不害羞，只是排练时有点。"

"那好，要是这样，你演哈皮并没有那么困难，你觉得呢？"他笑得有点勉强，大眼睛轻轻眨了眨，好像等我结束对话。他可能觉得自己是剧组里最年轻的，在众多前辈面前，说话不应当随便。我告诉他，他演的是个天性快乐的人。他后来的表演果真放松下来，这出乎我的意料，让我感到些许安慰。但是没过多久，他的拘谨又故态复萌。我想他的性格极适合演外事办公室的官员。我紧追不放，想打破他的拘束——我觉得那几乎有些病态："你觉得中国小青年里有没有哈皮这样的人？"

他着实想了一阵，大家都冷静地看着我们。他最后点头说："有，中国人可能会有这样的性格，但是不会有他那样的行为。"

"这就对了。你也许可以把他当成一个中国人，历史上第一个这样行为的中国人！"大家都笑了，哈皮也笑了。"我这样说是因为我感觉到，你以为自己一定得是美国人。你不认识美国人，所以只想有他们的做派。美国人要是演中国人也会这样把手抄在袖子里、耸肩驼背、走小碎步。"我停下，先说到这儿。

虽然比夫演得不错，但也许只是在开始的部分比较好。我对他讲的是另一码事："你不能把每次排练都当成正式演出，放任自己的感情，过分投入，有时忘了剧情要交待什么、你在其中要起什么作用。你要先体会一场戏的结构，其中的自己和他人都是什么情况，

伯纳德。（图 / 英格·莫拉斯）

然后才能找到确切的感情发展脉络。”

对林达我重复了以前对她说过的温和的劝告，只是方式略有不同。我说：“她不是一个围着男人转，为他忙前忙后的女人，她很强。是她把大家凝聚在一起，她自己也知道这一点。如果有机会，她的才干足以管理一个大办公室……”总之，一句话，她能勇敢地面对问题，而不是个柔声细语的弱女子。“总而言之，她管账，如此这般召集全家人去挽救威利。”我给她讲了林达怎样在冬天跟着威利出差、坐在小车里跟他做伴，又怎样为了省下汽油费和邮票钱步行五六里路去交水电费。“她性格坚强，不是绣花枕头。”林达点头，眼睛瞪得大大的。我不知道自己的话对她起了多少作用。她记了笔记。

我问大家有什么问题。没有人提问。除了英若诚和查利，还没有人问过我问题。这不是好兆头。这时，伯纳德举起手来。整个剧组里，好像只有他演自己的角色没有什么问题。他和比夫的动作看起来有点像美国人，大大咧咧，关节放松。他比比夫小十岁，兴致勃勃，目光机敏。

“我在父亲的办公室见到威利，我这时已经长大了，事业成功。我是否应当注意到他有点心烦意乱？如果我注意到了，为什么我还要说比夫从波士顿回来后完全变了？我是不是应当不提这个让威利觉得好过一点？”

“我先前就讲过这一点：你要先看剧本是怎么讲的，听对方都说了什么——这里，也就是威利怎么说。他说了很多，一直想让你告诉他比夫为什么变得悲观泄气。你读一读自己的台词，你会发现伯纳德一直对比夫的突然变化感到奇怪——‘我始终没明白是怎么回事’等等。但主要是迫于威利的压力，你很难拒绝。而且，你认为说出你所知的事情，也许对他有用。”

听我说答案就在剧本里，他好像有点惊讶，马上打开剧本自己念起来。

比夫也提出了问题：“我说过自己实在喜欢在西部养马，为什么后来又说我不知道我自己想干什么？”

“你没读懂剧本。好几天前你就能把台词背下来，一点错都不出，却没有听自己在说什么。你并没有说‘我不知道我自己想干什么’，而是说‘我不知道我自己该干什么’——这才是关键的地方。比夫其实很清楚自己要什么，但是这并不符合威利对于成功的定义。这就是你回来的根本原因，想要解决父子间的这个矛盾，想要得到父亲的祝福，想挣脱他的大手对你的控制，让自己获得自由。从比夫的视角看，这出戏讲的是，他回家去解决自己和父亲及其可怕的价值观之间的冲突。”

在这宽大得像舞厅，带点悲伤气氛的排练厅里，剧组跟平常一样，对着戏台，在带桌子的座椅上坐成一排。英若诚把我的话一一转译给众人，即使有些话只是对某个角色的演员说的。如果我说他做得有点过，他会停下，告诉人们：“他说我做得有点过。”看到我评论比夫和伯纳德的表演，查利给了他们一些建议。他还穿着银蓝相间的古装戏服，跷着二郎腿。他感到比夫在第二幕最后一段指责威利时过于自怨自艾，这时比夫应当一心想着如何挽救威利，而不是自己受的伤害。这个意见提得好，比夫立即感谢老前辈坦率的批评。实际上，当查利说这番话的时候，灯光师、舞台监督以及一位服装师都在不住地点头。这种齐心合力的场面我很久没有见到了。最近的一次还是在 50 年代中期的伦敦，当时彼得·布鲁克

（Peter Brook）导演的《桥头眺望》进行了一次彩排，观众是布景工人、剧院工作人员以及他们的家属。彩排结束后，在木工和油漆工骄傲的引导下，家庭主妇和孩子们视察了布景。这种情形在纽约是不可能出现的，工作人员表现出热心就有想要涨工资的嫌疑。

三月三十一日

早上一来，我就看见几张桌子被码在一起，各式各样的假发在上面摆了一排。假发组的四五位妇女和一位男子——这位戴蓝帽子的男子是工人剧院的假发制作师——正热心地帮大家戴假发。这些专家当然也穿着标准的蓝布上衣和便装裤。英若诚正在试一顶银灰色的发际后退的假发，其做工粗劣足以使制作者丢掉饭碗。让我惊讶的是，英若诚居然戴上了这顶假发，还在镜子前面认真地照来照去。桌上还有两顶浅色的金发，一看就是饭馆那场戏里的两个女子的。也就是说，没有人理会我第一天忍着头昏脑涨所做的声明：不要模仿，就以中国人的面目演一部美国作品。这个原则没有商量的余地。但人们仍然执意要让自己变成白种人。他们只会徒劳无功，只不过变成戴着假发的中国人，让观众觉得演员们很会戴假发，仅此而已。当然，我没有考虑到这是传统做法——我是有意不予考虑，因为我不能根据自己不赞成不理解的偏好做出诚实判断。无论如何，我的直觉告诉我，装作西方人会损害这出戏的演出效果。

英若诚征求我的意见。我说，这是大错特错。他很快就相信了我的话。他的角色只需要一顶显出上了年纪的假发，但应当是甲壳虫时代之前的，不能像刚才的那顶那么长。我不由怀念起四五十年代和更早时商人们留的短短的发式。正如查利最后在挽歌一幕说的，那时帽子上的一两个污点就可以毁了一个推销员；照此说来，一个乱七八糟的发式，更会让他一败涂地了。

现在这里有乱哄哄的一群人——演员、发型师、提建议的技术员、和蔼可亲的颇有己见的老看门人。我和英若诚站在中央，正在商量该怎么办，这时一位矮小的女子不知道从哪儿冒出来，手里拿着一本厚厚的电影画报走上前来。我打开画报，看到吉米·斯图尔特（Jimmy Stewart）在《第兹先生来到华盛顿》（*Mr. Smith Goes to Washington*）中的剧照，他留的正是那时美国人典型的发式。我喊道："就是它！"一抬头，看见对面那位五十开外又高又胖、面色红润的假发师傅摘了蓝布帽子，正在挠头。

"英，这才是你的头发！"我叫英若诚注意看，英若诚立即明白了。那是浓密的银发，短而精干，不太传统，但是也可以称之为传统。当然，发型组的人都反对，说它太短，不适合威利。这又是老一套的说法：既然要做假发，当然要做长的，要显出它是假发，跟真的一样还有什么意思？我还得为比夫和哈皮推掉假发。他们自己的发型都很好：比夫的头发短短的就像个运动员；哈皮的头发黑而整洁，发型讲究。比夫把鬓发几乎留到下巴那么低，我建议他去掉一半，他急了："我下巴太宽，必须要留长鬓发，好让下巴显得

英若诚，从假发到衣服都是威利的装扮；及给英若诚做假发的假发制作师。（图 / 英格·莫拉斯）

小一点！”我马上放弃了我的建议。我得承认，他的脸型确实自颏部突然变宽，形状就像一只梨或是拳击袋。

说曹操曹操就到——说拳击袋拳击袋就到。忙乎了半天，我们终于开始排练，人们有的开始喝茶，有的站到了台上。这时候大厅的门开了，一个庞然大物被移了进来。这东西太大，每被从后面推一下，只往前挪几寸。整个剧组都回头看，我也一样，大家都被这怪物震住了。这是个皮制的东西，高达六尺，形状如同一个大桶，上边开着口，装着一些铜环，好像刚刚才从串着的粗绳子上解下来。我慢慢才明白过来，心里不由得一沉：原来这是威利从波士顿买回来，藏在雪佛兰小车的后座上，想给孩子们一个惊喜的拳击袋。

这个大物件现在停在了屋子中央，不再移动。一个瘦小的男子从后面走出来，也是穿着普通的蓝上衣，帽子上和肩膀上落了不少这个皮袋上的灰尘。他单枪匹马，天知道是从什么地方出发，经过几条街，甚至几个坡才来到这里。“我猜那是拳击袋。”英若诚望着我，一副中国人典型的轻描淡写的样子。其实他有点窘迫，因为我正要排哈皮手拎着拳击袋跑上台那一段。那男子走过来；他完成了这么艰巨的任务，本以为会获得大明星或是外国专家的赞许呢。我想都不敢想光在找这件东西上他们花了多少心思。一个标准的拳击袋，只不过是比篮球宽一点，两三尺长、一尺宽的沙袋。这件东西只可能是解放前仿制的，很可能是从解放前去过纽约或伦敦的体育馆的中国商人那里听来的，而这位描述者的身材必定十分矮小。

但是我知道，中国人面对逆境时毫不退缩。不然，人们如何承受历史上的种种磨难？“这个拳击袋不对。”我告诉来人，语气尽量平静温和。我给他画了个挂在圆盘上的轻量级拳击袋，舞台监督一下子明白过来，对送货的人解释。那人好像有点吃惊，被领出大厅的时候，还在微微地点头。我父亲总说，一寸光阴一寸金。

我们有十分钟上厕所和喝茶的休息时间。英若诚这时走过来，提出了一个奇怪的请求。剧院想让我写一个排练时间表，标明上演之前我需要使用剧场的时间。要是我们某个上午、下午或是晚上不使用，他们就可以把地方出租给外单位，比如用做会场、电影院之类。舞台很深，布景离幕布很远，把幕布放下就可以把它们全挡上。

我一点主意也没有，不知道上演前的这段时间什么时候用或者不用剧场。我跟英若诚说，我没听说过哪个剧团在上演之前至少不使用剧场一个礼拜的。他本人也不喜欢这种安排，但是不能说什么。因为经济问题，这出戏上演的前一天剧场也会租出去，好为剧院赚些钱。他们在这么大的压力下还想法子维持这个剧场委实不易。我不知道怎么应付这个问题，干脆置之不理。

除此之外，又有了新问题。灯光师老冯负责规划灯光位置，我们排练的时候他总坐在一边。他是位精力充沛的小个子，留着 50 年代那种寸头。现在，他过来找我，很客气地告诉我说，他们的器材必须要再充电才能连续打出 18 束以上的灯光，不过他们可以在 15 到 20 秒之后重新照明。这有点像开着一个时速 60 公里的汽车爬坡，边开边要换火花塞。这个问题我现在也不愿意去想，就先把它放一边吧。

为了免遭这类消息的打击，我向查利走去。他正独自打着太极拳，一边自言自语着那些招式，看起来自我陶醉，赏心悦目。站直，脚分开至与肩同宽，我的双手缓缓向前伸出，胳膊和手腕放松，好像只是袖子在举。“你会觉察到指尖发胀，因为身体里的气正往那儿冲。”我真觉察到了指尖发胀，真令人吃惊。他又教了我几下推的动作。手掌好像在推前面的空气。整个身体柔韧伸缩很是奇妙，似乎真有什么物体被推动了。

感情激烈的情景开始出现在排演中，但总因为有人忘记台词而不得不中断。这种情况在由短句构成的片段中尤其严重，如果台词不流畅，就达不到应有的高潮。我让大家回到座位上，把台词念上半个到一个小时。确实有了进步，但长段的台词还是磕磕绊绊。本真成了幽灵，老是忘词。我想说说他，但是还有比这更要紧的事。问题可能出在我逼大家加快节奏，超出了他们惯有的速度。但我相信，这是必要的。

昨天排练快结束时，我觉得那些中文听起来像装着五只猫的大桶在粗糙不平的路上滚动。忽然，奇妙的事情发生了。我每天都对林达穷追不舍，想要去掉残留的柔声细语，使表演简洁而有力度。现在，她正对威利说，他应当见见那位年轻老板霍华德，要求结束旅行推销，去负责纽约分号的管理。她是在安慰他，而不是在央求他；她深爱着她的男人，只因为她跟他密不可分。这个变化很是惊人。我这才想起来，我根本忘了告诉威利和林达，他们真心相爱，一直如此。后来，我排了厨房里争吵、自杀和挽歌几场戏。挽歌一幕中，林达由比夫和哈皮陪伴着从舞台深处走了一长段路来到墓地。她的表演再一次使我还有坐在我身边的妻子和女儿流下了眼泪。这出戏会何等成功！她说到"咱们自由了，自由了！"时才开始哭泣，甚至在这里，她的痛苦里还带着一丝嘲讽。但愿她能停留在这一刻。我感动极了，上前吻了她。她似乎不很明白我的意思，但我猜她知道。

现在我可以对开头林达和威利在卧室谈话那一段做些改进了。我告诉威利和林达他们因爱情而结合。英若诚充满了热情和期待为我翻译：她父母不愿意女儿嫁给他，因为他穷，看不到前途，于是她跟他私奔了。我说他们仍然有实际的夫妻生活，十分相爱。当林达说"威利，亲爱的，你是世界上最漂亮的男人"时，她是真心的。英若诚和林达听到这儿，好像是第一次听说那样吃惊。林达大为震惊，一向就很灵活的眉毛挑得高高的——这些她一定能演出来。今天她穿得比往常好得多：红褐色的毛料风衣，一袭相配的套装，小巧的褐色丝绒便鞋。这也许显示出她乐观的一面吧。

但是第二幕大争吵的最后那段我们又排得乱七八糟，每个人都忘了自己的台词。我离开去吃午饭，回头望见那只巨大的真皮拳击袋，像只迷路的大棕熊，立在过道里。

今天晚上取得了两个进展，令人欣慰。另外，有一件事让人捉摸不透。

我排了厨房里争吵那一场。通常，因为不想看见演员们机械的表演，到了这儿我就停下，回头去做其他工作，而不是接着去排挽歌。我期待着有一天，当演员们能够如实地把争吵这场演到真正的高潮，我才会让他们带着真情实感演挽歌这一幕。在这之前，我不会排挽歌。我先前排过两三次挽歌，但只是为了过整出戏。挽歌这一幕可以比喻成一首歌的骤然收尾的静音，此时虚假的声音会变得令人难堪地突出。这一次，厨房争吵那场的高潮部分排得还不错，所以我就开始排挽歌这一幕。

林达实在是不可思议。我坐在扶手椅里，离他们不过十尺，伯纳德、哈皮、林达、比夫，还有查利在演挽歌这一幕。突然之间，我意识到威利已经“死了”，不会再出现在人们的生活里。我想他！这说明有件事真的发生了。林达坐在那儿说：“帮助我吧，威利，我哭不出来……”把她对这个女人清楚的认识——她的那种克制、勇敢和痛苦——都表现了出来，而且表现得那么简洁并有节制，优雅而有诗意。我忍不住哭泣起来。事后，我使劲拥抱她，又一次亲吻了她。她一点儿也没有柔声细语，显然把人物演到了家。我想，这下总算能上演了。最棒的是，其他人也意识到了她的感受之强烈，这能帮助他们看到自己和角色之间的距离，比我能告诉他们的更加有效。

第二个好消息来自比夫。对中国演员而言这段排练时间很短，但比夫说他找到了自己与威利之间的关键问题：既然老头子很难相处，为什么还要回去找他？比夫要的是什么，那是什么样的负担，只有父亲才能帮他卸下？我一直穷追不舍，努力使演员们打破一般化的表演。

我又解释了一遍：这是个爱的故事。离开家后，比夫不时感到对父亲的深刻的没有表达出来的爱。他们之间未完成的感情，使他产生了一种负罪感。

比夫说他懂，这个很中国化。

"但是为什么会有负罪感，你说说看？"

"因为我责怪了威利，我拒绝了父亲。"英若诚为他翻译。

"没错，太棒了，还有呢？"

这位演员摇摇头，对英若诚说了什么。英若诚说："他别的就不知道了。"

"这有点像你做事情之前，需要某个人为你祝福。你希望威利对你说：'是呀，你应当上西部去，你不应当追求金钱，你应当有自己的生活。'也就是说,你对他的爱阻挡着你。你希望他给你自由，让你做自己想做的人。可是按照威利的价值观，他会背过身去，不会给你祝福，是不是？"

他向我点头，说自己懂得这一点。他看上去似乎很兴奋，可是我知道，还有些东西他答不上来。这些东西会让他心中充满愤怒，而这正是这出戏的高潮所要求的。我要找到某种个人的他熟悉的中国式的东西，让他能够轻易地掌握并运用。剧组其他演员像平常那样在听我们谈话。"比夫要做的是:把威利从他的思想体系里拉出来，让他能够面对他自己和比夫——面对特定生命阶段中真实的自己和比夫。你可以借鉴生活里的挫折感，把你内心所感到的愤怒和暴力，用在比夫身上；那种爱受到阻碍的感觉也是一样的。”

他似乎有所触动：“我懂那种挫折感。”我们周围响起一阵嗡嗡的说话声。这儿的人都极为政治化，将自己视为社会的一部分。我猜想，如果把他们隔离起来，他们自己不可能研究问题，更谈不上解决问题。通过把威利与比夫的关系政治化，使它比较中国化，我想他们会更容易熟悉这出戏，进而接受这出戏。

10 点，排练结束。我走到剧场外宽敞的车道上，看见查利、威利、比夫、哈皮、波士顿女人、伯纳德和剧组其他一些人正骑着自行车，悄然消失在北京的夜色里。作为一个自行车爱好者，我有点妒嫉他们。但是他们也要在雨雪和风沙的天气里骑车。这又让我想起他们的工资。比夫和哈皮是剧团里最年轻的演员，他们每月的工资大约是 20 美元——老演员则是 80 美元。英若诚因为常在外国的电影和电视剧里演出，他的收入比他们多很多。但他是个例外，而且，他需要交 90% 的所得税——如果其中一部分会转给这个经费紧张的剧院，这样做也无不可。总之，终生完善艺术的人最后挣的钱还不如工厂的新工人。

我不敢说钱对他们的意义与对我们的没有什么不同。这里的生活虽然原始，但是消费很低。一条质量很好的裤子只要三美元，食品很便宜，公共车票三分钱一张。我想，随着提高收入的经济政策的施行，消费者自然会抬高物价，眼前这种情况一定会变。当没有东西可买的时候，钱的多少没有什么意义。

在这里，电冰箱之类的大件电器已经可以通过分期付款的形式购买。所以，观众应该能理解剧中出现的“分期付款”。

午餐时，戴尔·柯森（Dale R. Corson）来到我们桌前。他原是康奈尔大学的校长，我们在20年代见过面；现在他已经退休，担任中国大学发展计划国际顾问委员会的主席。世界银行给了这个组织两亿美元的贷款——他说他想用这笔钱“重建这个国家的高等教育系统”。1968年我正在巴黎，法国学生涌上街头，砍倒古老的栗树，揭起铺路的鹅卵石，冲向挥着棍棒的警察，谴责资产阶级的统治贬低了人类的价值。西方人深感与自己过于复杂的社会格格不入，中国的简单和集体精神对他们确实很有吸引力。

几乎就在巴黎人扔石头的同时，北京这家剧院的演员们拿起锤子、镐头和凿子去掉了写在剧院黄色花岗岩大门的侧上方的大字。现在，斑驳的痕迹仍然留在那里。我发现，每当我跟演员们谈起这件事的时候，他们无一例外地觉得应当就这件事编一出喜剧。

四月一日

今天早上，我一到就看见，英若诚坐在临时的厨房布景里，而其他演员坐在沿墙的那排座位上，忧郁地望着他。他戴着那顶东德小礼帽，穿着开衫毛衣外罩西装。他垂头丧气，像是叹气："有个坏消息，咱们的哈皮住院了，高烧 39 度，查不出病因。"我悲哀地意识到，自己听到这个坏消息竟无动于衷。其他演员安慰我说，四号也就是周一他准会回来工作。我不相信，烧到这个温度照常上班不大可能。我对此无能为力，只好绕开哈皮，排演没有他的那些部分。

四月二日

英若诚像个魔术师，变出了另一个哈皮——他从另一个正在排着的戏挖来的他。我这时才知道，这位演员才是最初选定的哈皮，但是在排练开始的时候，他因为拍电影抽不出身来。更棒的是，他笑呵呵的，而且一看就知道是比夫的老搭档。比夫现在成天跟他瞎闹、打趣，就像剧中的比夫和哈皮两兄弟。

太奇妙了，这让我感到演员真是千差万别。新哈皮以前只读过一遍剧本，还是另一个译本；今天早上七点，他才和比夫一起把自己的那部分过了一遍。我让他们演开头在二层卧室床上对话的那一场，他竟然不看剧本就能说出大部分台词。更奇怪的是，他的声音和动作像极了卡米伦・米歇尔——1949 年第一个演哈皮的演员。哈皮这个人物是个可爱的无赖，除了对他母亲，对任何人都不负责任。这位新哈皮健壮结实，圆脸上一副天真无邪的表情，即使在坦白极为可怕的道德冲突的时候，调皮的黑眼睛里仍然带着笑意。我好像又见到了布莱顿海滩上的米歇尔，那是7月，他一手夹着一个婴儿，哄得他们快活极了。我现在觉得终于进入了正轨，难以遮盖的唯一的不和谐音已经消失。英若诚决定，先前的哈皮病一好，还回来当预备演员。

一有了新哈皮，我们将整出戏从头到尾排练了一遍，好让他尽快进入角色。我几乎没给他做过什么提示，都是其他演员在需要的时候告诉他，或者他自己察觉到自己应当站的位置。中国演员能够自觉站到合理的舞台位置上，这一点我很欣赏。我从未见过这样轻松准确的站位。虽然我也不时做些改动，但这些改动都很小，只为

新哈皮。（图／英格·莫拉斯）

了更清楚地表现或强调一下剧本里提到的文化特点。在他们自己演出的戏里，我猜他们不需要太多对站位的交待。上午三个小时的排练结束时，哈皮已经跟大家打成一片，只不过还不能完全脱离剧本。明天是星期天，他要整天加班，我指望他周一来的时候，能够记住自己的全部台词。尤其一想到台词全是中文的，我更不得不由衷赞叹。我不是在说笑话，演员们不仅要变成外国人，还要体验一种全然陌生的生活方式。比如，威利感到绝望，可是他有冰箱、汽车、房子，每周有 60 美元的收入——这还是几十年以前美元值钱时的数目，但在现在的中国，听起来仍然是天方夜谭。这个问题也碰巧被英若诚在新闻发布会上提到。在回答提问时，他说，这出戏的宣传意义有两个方面，其中一个是：如果一个社会里，人们有威利那样的生活水平，仍然觉得难以生存下去，这个社会并不像它炫耀的那样好。

当然，还不能根据这些拼凑出这里的真实画面。外国人仍然对中国城市的公共水龙头和公共厕所大惊小怪。看见一个主妇把一桶脏水泼到街上，如果一个外国人以此为怪，不如再想想，她这样做是因为家里没有下水道。

幸亏是感情而不是物质使人类相通，不然我一定会对中国首演极其失望。林达的表演已经极为准确，不再是围着威利柔声细语的擦脚垫。她告诉我，她一开始想错了这个女人。实际上，她正变成威利所说的“我的根基，我的依靠”。她从一开始就跟威利的死亡做斗争；只有她知道威利想自杀，已经把煤气管子接好，准备用它寻短见。林达这个角色一向都被演得过于软弱，好像她只是个跟班的。其实只要演员好好读过剧本，就不会演成那样。剧本里提到的烧热水的煤气炉，中国人根本没见过（实际上美国人也早不用了）。但是我一解释它的设计和工作原理，大家马上就明白了。无论如何，对它的陌生一点也没妨碍林达对自己的角色日渐准确的理解，这个女人掩饰起自己的坚强而愈发显得坚强。工业技术对生活的影响往往被夸大。

今天一整天都在下雨，晚上，我们送林达回家，使她不必去赶末班车。她和英格坐在后座，英格把她的话翻译成英文。20世纪40年代北京被日本人占领时，有一次日本人大加搜捕，她把小女儿藏在毯子里，才免得她被抓走杀掉。“有个美国人突然把那毯子塞给我，他一直站在我旁边，直到日本兵走掉，我把毯子还给他，他说什么也不要。我永远都不会忘记他。”事情发生在40年前，她见证了日本人的奸淫掳掠。她曾饰演过无数高贵的中国女子，在台上珠光宝气，戴着皇冠，穿着绫罗绸缎，现在又成为林达，居住在布鲁克林的小房子里。多少个女人活在她内心？难怪在她演毕“挽歌”之后，我吻她的脸时，她浑然不觉。这跟她真实生活里的某些片段相比又算什么呢？我现在渐渐习惯了中国人不公开对赞许做太多反应，虽然他们跟别人一样珍惜这些。英格认为，听到夸奖时只有粗俗的美国人才会说“谢谢”，而其他地方的人总是自谦，不公开称许自己的成就。

比夫从来没见过橄榄球，我教他向哈皮投弧线球，这在第一幕威利回家时要用到。糟糕的是，他不是总能投准。今天下午，我正忙着画灯光的草图时，他扔出的球不偏不倚打在林达的下巴上。虽然肯定很疼，但林达不让我们帮她察看伤处，甚至不让我们安慰她。比夫有种傲慢的丈夫气，没有跑着而只是快步上前向她道歉。我想缓和一下气氛，于是说，我远道带来的头盔应当给她戴上，现在她成了第一个被橄榄球击中的中国人。她真是个了不起的女人，仍然能笑，对比夫的冒失一点也没有怨言。更糟的是，我曾经吩咐，这只球要充足气。

北京现在成立了文明礼貌办公室，有基层分支以及众多成员。这个机构主要负责消除人们一些不文明的习惯，规范自行车的交通（北京现有 350 万辆自行车），提倡文明礼貌，监督小贩的缺斤短两现象，等等。很多商品如今都能从个体经营者那里买到，有些人不免做手脚欺瞒顾客。虽然如此，还是常有关于国营商店冷落顾客、照顾亲友、走后门的报道。有趣的是，在报上也经常可以读到个体商人白手起家的故事：有个人决心离开城市，去乡下养鸡，受到领导和朋友的劝阻。人们说他昏了头——在中国如果有人想放弃城里的铁饭碗（国营企业的雇员）去乡下，准会被认为神经不正常。可是这个人，据《中国日报》说，义无反顾，以卖种鸡开始，后又卖饲料，去年净赚了上万元（大约六千美元）。现在他又让他的兄弟加入，把生意扩展到鸡药和其他产品上。他说："我想把生意做大，这没有什么不对，因为我提供优质的产品和服务，劳动致富。"

我感到英若诚的某些台词念得有些空洞。他是个非常有适应能力的演员，能够将任何意见，也就是我提出的绝大多数意见，采纳到表演中。但有两个对塑造威利这个人物十分重要的片段，他的表演缺乏真实可信性。这两个片段都与威利对过去的浪漫回忆有关。当他对年轻的老板霍华德说，自己当初正想跟哥哥本去阿拉斯加，可是在派克饭店遇见了老推销员戴夫・辛格曼，老爷子84岁照样给买家打电话，“连屋子都不出，84岁的人，他就能挣钱养活自己。看见他我明白了，当推销员是这个人所能要求的最了不起的前途……”这段长长的道白如同那个盛极一时的行业的挽歌。“那年月这一行里讲的是人品，霍华德，讲的是尊敬、义气、有恩必报……”

甚至才能一般的美国演员也能演好这个片段。可是，英若诚虽然可以演好更平常的部分，却很难把这段演得真实可信。而在另一段，也就是第二幕里他告诉查利“一个人只要仪表堂堂，招人喜欢”就一定不会失败那段，他的表达听起来同样显得苍白无力。

我一指出这些地方的问题，英若诚立刻承认自己找不到进入其中的线索。我们于是谈起威利提到的那些事的历史背景。我说，他当然跟往常一样在吹嘘，不过，他说的有些事是真实的。“他提到的那个年代里，他的顾客不是自己开店就是在零售业干了好几年了，跟他很熟。你知道那些名牌儿：法兰、吉母贝尔、R. H. 梅西、路易斯・雪佛兰、别克、奥兹、福特、凡世通，每个名字都确有其人。即使威利没有真跟他们打过交道，至少他们是他真实生活的一部分。他们白手起家的故事是他心中的神话。现在推销员只管登记订货，有现成的录像和录音推销，他们自己没有定价或做主的余地。过去并不是像现在这样。”

“我真是没想到。”英若诚说，怪自己准备得不够充分，“我从来也没有认识到这一点，也就是说广义的个人主义是根本的原因。”

“当然是这样。我的邻居、朋友奎恩（T. K. Quinn）曾经是通用电器的副总裁，他说过，那种到处蔓延的公司巨人症的惯性会逐渐取代自由竞争的精神，断送美国的企业。他说这话是在50年代初，那时还是美国经济的繁荣时期。但是他预先看到了：因为中小企业被排挤出局,美国产品会在技术和质量上落后。奎恩曾在“二战”时主管美国小企业管理局,由亲身经验意识到问题的实质。所以，威利一点也没有凭空编造，他确实在回忆一个与当时完全不同的时代。”

我不免意识到，我再一次通过解释社会政治背景使威利和其他人物的感情生活更加清晰，或者说更加中国化。“我就从这个角度努力。”英若诚跃跃欲试。他接着说：“但是，你知道，中国历史上可没有类似的事情。中国人从来也不直接用自己的名字做招牌，招牌总是‘天祥干货店’之类。人们羞于公开承认自己是生意人。”

我们的谈论又回到中国和欧洲封建社会的不同步发展上。封建社会视生意人为社会蛀虫。在欧洲，士兵这个身份拥有的荣誉远远超过其财产和出身；在中国，最受尊敬的是学者。在欧洲，地方贵族和中央政权之间的斗争从未停止过；而在中国，封建政治远比欧洲成功和全面，一个规模足够大的中产阶级因此始终未能出现。现在人们希望，通过有控制地发展相当数量的私人企业，能迅速积累国家财富。用中国话说，人们重新认识到要经过资本主义过渡时期才能实现社会主义，有了原始积累和发展才有可以社会化的物质基础。我开始感到，即使中国观众很同情威利的遭遇，他们仍然难以理解他纯粹西方的经历和困惑所涉及的个人主义。从另一方面来说，当我们观看莎士比亚戏剧时，其中社会政治的暗示很难引起我们的共鸣，因为时过境迁，它们早已不复存在。这似乎无伤大雅，边走边看吧。

四月四日

过了休息日，新哈皮今天早上出现时，已经把第一幕的大部分台词背下来了。他的表现让人很愿意指导他。我、英若诚、比夫跟他爬到二层卧室，看他那么快就领会了角色的要点——吹牛、感情用事以及自恋，我感到十分高兴。我们不禁一起大笑，因为发现中国人和美国人吹牛的话一一对应，甚至相同。

至于今晚的排练，我们第一次使用了连续照明，营造出极美妙的效果。新哈皮这时虽然还会卡在一两处，但已经比较流利了。是时候强调节奏了，不必再引导演员们体会角色心理。我不清楚观众是否能跟得上我们极快的语速，不过，有些段落已经达到了要求，感觉非常好。特别是在威利回忆的那几段，我要求演员们把台词念得有起伏，这节奏并不自然，但是暗示出这是他内心焦虑而产生的想象。我们也练习了不加停顿、一气呵成地说对白。在实际生活里，我们的记忆并不是辞句和画面的有序排列，而是交错重叠地闪现。

舞台上五分钟的表演所表达的内容，闪现在我们的脑海里只需要几秒钟。无论如何，只有达到了这样喘不过气的速度，才可能表现出急停。比如这一段：威利想留住本，不让他离开，拉着他的胳膊走到舞台的前沿，指着房子四周的树林说："我知道这儿是布鲁克林，可是我们也打猎……这儿有长虫，有兔……"这种突然的减速，刻画突出了他对未能兑现的梦想的诗意的憧憬。演员们觉察到了其中咒语一般的魔力，迅速表现出内心的感受，他们对这个发现赞叹不已。

现在，我教会了比夫用胳膊搂着橄榄球，而不是像拿一条面包那样，夹在腋下。他是个聪明合格的演员，眼中充满了有趣而热情的探究的神情。新哈皮就像他的副本。现在，我一用中文嚷："跑，跑！"比夫就弓身猛跑。而他最初听见我用中文说"pao"时，忍不住大笑，不能再演下去。今晚，我告诉他们，洛曼家的两个男孩都是童子军，把童子军的誓言看得很严肃，而洛曼家对忠诚的看法如同军人一样，这家人就好像驻扎在敌方的领土上的一个武装营地。演比夫的演员当过少先队员，他马上就明白了是怎么回事，笑着回忆起自己儿时做过的永远信守崇高理想的浪漫宣誓。

哈皮的表现如此出色，我忍不住把他拉到一边，问他用了什么原型来刻画人物，能够一眼看穿这个角色，因为他实际上比剧中这个角色复杂、有教养得多。我问他："是不是有类似的中国人可以参考？"

"呵，是的，有这类人。我想起那些失业的年轻人，做着违法的生意，走私，给自己弄来房子、摩托车、姑娘。等这些都有了之后，他们开始问自己，活着是为了什么。我们这儿现在有很多跟哈皮一样的人，特别是在广州，上海也有很多这样的人，在那些地方走私很普遍。现在北京也有人干这行了。”他又补充说，“他们不是坏人，哈皮·洛曼也不是坏人，他只是空虚。要是两国有什么不一样，只是洛曼家的人热衷于运动。中国家庭不像他们那么看重这个。”

排他在饭馆里等比夫那段时，我教他一边跟招待说话一边自我欣赏地检视自己的穿着。我给他演示用手指抚平裤子上的折痕，摆正衬衫领和领带，打开手绢，叠好，再放在前胸的衣兜里。我告诉他，可以自己想类似的动作。他想出来用裤脚擦亮皮鞋，但这不太像穿着一套价值150美元的衣服的哈皮（人物）所为——他（演员）大概得干上半年才能挣到这么多钱，我该怎么向他说明这一点呢？他应该能自己做这番计算，所以我还是要试着讲一讲。

布景组计划在两天之内搭好布景。英若诚说，剧院的技术部门非常配合，因为他们感到这出戏的上演对剧院至关重要。可以看出来，他们对这出戏很重视：灯光师和布景设计师来过排练厅好几次，提前三周就做好了计划和草图；而通常，他们到上演前一周才露面，开始讨论相关事宜。我但愿自己错了，不过我确实感到，过去，这里的人对工作漠不关心。我再次想到这个问题：人们为什么要排这出戏，而且要让我来导演？无疑，这也是要激发起一种工作热情。除了英若诚，这个剧院的人对中国这个睡美人以外的戏剧界毫不知晓。看惯了例行公事的戏剧的观众，或是昏昏欲睡的观众，会怎么看我的这出戏？演员们以为——或是希望——观众已经悄悄提前做好了准备。

有一位先锋戏剧导演在楼上的小剧场排练另一部作品。他差不多每天都来看一会儿我的排练。有天晚上，排练结束后，演员们都走了，我请他坐下，聊一会儿。英若诚给我们翻译。我猜他大概28岁，很瘦，看上去很累，两颊凹陷。他穿的不是普通的蓝布上衣和便装裤，而是灯芯绒裤、毛料的拉链夹克。我一直在想他作品中的一些过分形式主义的表现，急着要谈一谈这个问题。不过，我先问他，他本人和观众是不是觉得这出戏很新颖；新颖是指它的形式，还是戏剧内容本身。

他回答得很小心，让我感到自己跨越了半个地球在跟他谈话。我原以为他是出于谨慎，渐渐地，我开始怀疑他没有听懂我关于形式的问题。他说：除了急速的动作和灯光是新颖的，整出戏的表演仍然是现实主义的，多少反映着现实生活。“但是戏中有一个劫匪……”我坚持道，“看起来十分诡诈邪恶，还左顾右盼，歪歪斜斜地走路……这也是按照真实人物刻画的吗？”

他想了一会儿。我觉察出，他被问住时并没有感到尴尬。他终于不再小心谨慎，说：“这个人物写得很肤浅。”

“我知道。因为他看上去不可信。真正的流氓应当有欺骗性，应当让主人公觉得他是好人，或者至少不是那么面目可憎。剧里的这个流氓谁也骗不了。”

“你还没看见我们删掉的那些，比这个差多了。”他说。我不得不做出以下的结论：他们并没有创作一部新型的大胆的道德批判剧的企图，也就是说，他们仍然不能脱离旧有的一套。

不过，这出戏显然在某种程度上很受青年人欢迎。“这是第一部表达青年人感受的戏剧。老一辈人——他们不能代表未来——除了给青年人耐心的劝告，没有什么可建议的。而且，生活在继续，爱情故事以前就上演过，并不算新。但是表现两代人之间的冲突这还是第一次。”这位导演说。这出戏实际上并没有解决两代人之间的问题，这也是创新。

这个年轻人所知道的西方戏剧不多，他读过尤奈斯库（Ionesco）、贝克特（Beckett）以及阿尔比（Albee）。他好像很佩服贝克特。英若诚结实的体态让我想到了比他略大一号的泽罗·莫斯特尔（Zero Mostel），后者曾非凡地演绎了《犀牛》（*Rhinoceros*）中的犀牛。我说，我原以为像他这样的年轻导演会对《犀牛》更感兴趣。这位导演虽然在点头，我仍然不能确定他是否同意我的观点。

在评估任何艺术形式甚至思想的时候，应当对人们的社会环境有所认识。我认为，尤奈斯库对人们不假思索地与别人保持一致的批评，在中国会是一个积极勇敢的政治宣言，虽然在他的时代，他无望地警告，资本主义文化剥夺了人的个性。我猜他的《犀牛》不会通过审查，至少现在不会。

这位导演让我确信，北京还没有前卫艺术的迹象，也许上海有一些。他属于年轻一代的导演，老导演们对此并不感兴趣，这成为他的重要机遇。我认为他想要告诉我，他完全了解这出戏的局限性，但话剧舞台的开放要一步一步地进行。

英若诚尖锐地指出：“主题可以说成一句话：待业青年有怨恨，感觉像是弃儿，而老人们给不出什么建议。你不能整页只写这个主题！”

我们分手时，我感到自己对天真甚至粗糙的先锋实验戏剧的看法变得温和起来。要想与现有的事物抗衡，它需要极大的决心和极强的想象力。经过层层审查过滤，它终于能够打动年轻观众，这确实是一个了不起的成绩。跟这里的观众谈话时，我听见的只是些19世纪的优秀剧作家的名字——契诃夫、高尔基、易卜生、托尔斯泰。似乎他们都被做成了琥珀标本。这并不只是因为中国的审查制度要屏蔽掉西方对公众的不良影响，也因为要把英语作品翻译成中文非常难——把中文翻译成英文则比较简单。困难不在于中英文句式的不同——事实上有些话中英文能够对应；根本的原因是中国话更形象，表达得更好。那种意象复杂而鲜明："我不愿意匆匆看完画展"变成了"我不愿意走马观花"。这种偏好不只在知识分子中间才有；农民把政权的更迭叫做"变天"。相比之下，日常的英语似乎缺乏比喻上的诗意，更加就事论事。

年轻导演和创作者理应认识到，刻画一个参与犯罪但心地仍然善良的青年是一种大胆的挑战。这类角色也令人震惊：他代表着社会的和道德的权威，却好像并不知道应该对年轻人说些什么；如果连他都不知道，那还有谁知道呢？表演不可信，感情没有基础，舞台技术的创新以其他地方的标准来衡量仍显老套——这些外人的评论也许没有什么意义。总要有个起点。《推销员之死》是否能为观众接受仍然难以预料。威利并不是个好人，但是人们会同情他，甚至担心他会死。

提倡前卫艺术与艺术必须为政治服务的定义相左。此外，自发的戏剧团体没有自己建小剧场甚至排练新戏的经费。经费困难助长了当局对戏剧活动的控制。我可能错了，但我此时确实感受到了戏剧领域里来自上层的巨大压力，尽管其他各个领域鼓励创新。

得知这个剧院四分之三的经费来源于政府补贴，四分之一来自票房收入，我感到有些意外。看到剧院种种资金匮乏的现象，我还以为这个比例应当相反。演出剧目方面的保守可以理解，改变要一点一点地进行。除了政治因素，中国人的道德习惯要求艺术表现要是非分明，这也加剧了保守主义倾向。无疑，观众自己就想要马上明白应当支持剧中的哪一方。这也许仍是一个老式的国家，就像一战之前的美国。实际上，京剧的魅力部分来自于它标志出了各个角色所处的道德台阶，那种华丽的极尽想象力的脸谱就是这样一套系统。结局无需好人得胜，但是千万不能把好人认作坏人。这种形式的道德说教让人想起《每个人》（*Everyman*），以及中世纪的神迹剧——这种戏剧与其说是讲故事的经过，不如说是在体现故事发展的高尚形式。

威利的个性很丰富，但不是特别好的人，甚至他的一生可以说充满了错误和失败。但是，这出戏充满怜悯地把他展现出来。如果没有确定这个当代世界文学的必要特点，这出戏很难有什么艺术性。在观看排练的个把观众身上，我反复感到这出戏给人们带来的迷惑是前所未有的。已经有个年轻的旁观者告诉英若诚说，要是把查利去掉，这出戏会更好。也就是说，他资本家的高尚道德让人不能看清美国社会的丑恶。

麻烦还会有的。

四月六日

今天我更加认识到，对《推销员之死》的解释体现了艺术界不同层次之间的争执。新华社发布的消息说：它批判了资本主义的垄断。演员和工作人员都没有把它放在心上。他们认为，这种报道不可避免，除了记者和外国人，谁也不会看。无论如何，我感到自己置身于意识形态的冲突之外，剧组和剧务人员都想使观众把这出戏当作一部适合于中国的、表达人性的作品来接受。英若诚也一直想要这样影响记者和政客，避免使它成为争论的焦点。

四月十日

我前天、昨天、今天休息，明天回剧院工作。这两三天，我开始不能集中精神。我无须看英文版的剧本，我一直知道那些内容都在书里什么地方，甚至是在哪段台词里。即使这样，我也必须集中精神工作，因为除了跟上演员们的台词，我还要分辨他们表达的感情是否准确。我发现他们又回到了表演过于直白的老习惯：表现高尚时，他们就直对着观众，现出一副高贵的表情；表现悲伤或痛苦时，他们就使劲眨眼睛。他们又开始一有机会就用手指着自己或者对方——英若诚将这种做派称为“露天表演风格”。所幸的是，他们一经指出马上改正。英若诚的表演从不这样。但是他不会在我之前觉察出其他演员的这种问题，也许对此他不像我这样敏感吧。演到高潮处——比夫横冲过舞台，好像要打威利，结果却流着泪拥抱了他——我们这位演员跪下，抱住威利，哭道：“我这不是怨气，我就是我，别的什么也不是。”他一转身，面向前方，伸出手臂，做出十足的戏剧动作。我忍住没有更正他，暗自猜想：对我来说表演有些过火，对他们来说也许未必。

人们严格遵守每隔两小时休息十分钟的规则。趁着休息我就比夫的这段表演征求英若诚的意见，他简单地回答说："的确太过。"这一段只需要拥抱父亲，伏在他肩上哭一下。

哈皮在下面这段也出了问题。哈皮提醒比夫说："你在商业界的问题是你从来不肯讨别人的好。"接着，他回忆起比夫怎样丢了以前的一个工作："老板哈里森本来夸你是好样儿的，可你偏要去干点蠢事，像什么在电梯里吹口哨，而且要从头到尾吹一首歌。"最后他说："这话我不愿意说，可是在商业界有些人认为你神经不健全。"

首先，哈皮不懂比夫为什么要在电梯里吹口哨："他为什么吹？"

"这表示，他想逃跑。"

"可他吹的是歌。"

"没错，他吹的是流行歌曲。"

"有什么不得体吗？"

"的确不得体，就好像，这么说吧……"我估计本地多数办公室没有电梯，便举了一个与电梯无关的例子，"比如在重要的机关里，有个小年轻秘书，跟大家一起等车，别人都显得严肃负责，他却自顾自吹起口哨。"

"真是，比夫会这样？"

"差不多就是这样，的确。"

这好像有点作用。他深深地点头，看起来有点兴奋。这种行为是有点不知好歹，他马上就能把这段话说得更好，语气里带有劝告和对自己整洁得体的自我欣赏。

他还是不能当面说对方不知好歹——这非常不礼貌，不符合中国人的习惯——他只是照着我的演示来做。我想，他认为美国人才会这样。

导演在排练中运用比喻和类似事情来说明剧情，这是普遍的做法。比起美国和英国的演员来，对于形象的比喻中国演员的反应要快得多，而且显得更为兴奋。无论如何，形象化的比喻在他们的语言里随处可见。

两周来，我在看比夫和本伯伯拳击这段时越来越生气，他们不知道怎么样才能把这场拳击演得真实可信。有一点要说明：中国人不用拳头打架。威利回忆，当两个儿子还小的时候，本出远门经过威利家。威利想追随本，像他那样在非洲挖钻石，在阿拉斯加森林里冒险。他以优美的姿式把比夫从后面举了出来，夸口说："我就是这样教育孩子的，本——能咬牙，人缘好，样样在行。"

"真的，朝这儿打一拳，小子，有多大劲儿使多大劲儿。"本一边说，一边打自己的肚子，让比夫来打他。

演比夫和本的两个演员表演打拳，然后本把比夫摔倒，一只脚踏在比夫身上，雨伞把指着比夫的眼睛，凶狠地说："绝不能对陌生人手软，不然你永远出不了森林。"我昨天才想到，中国人表演的各种暴力动作都极为程式化，这就是为什么谁也不把打斗当真。演员们觉得应当演得美国化，像真的一样。

我忽然想起京剧里的打斗，里边没有人真被打到，没有真打，效果却非常棒。我说："就是那样，这是威利所崇拜的本的过人的

排练打斗的场景。（图／英格·莫拉斯）

力量，充满魔力，就像京剧那样！”

人们高兴得大笑。本听了我梦话一般的指导，就用拳头使劲打自己的肚子，不再是温和地显示它有多硬。比夫像闪电一样冲过来，挥出拳头。本冷笑一声，照着比夫的脸打了两个快拳，把他打翻在地。比夫慢慢转身，腿蜷起来，用手护着脸。本一脚踏上去，用伞指着他的眼睛。

英若诚演技很好，我要费些时间才能看出什么时候他是照本宣

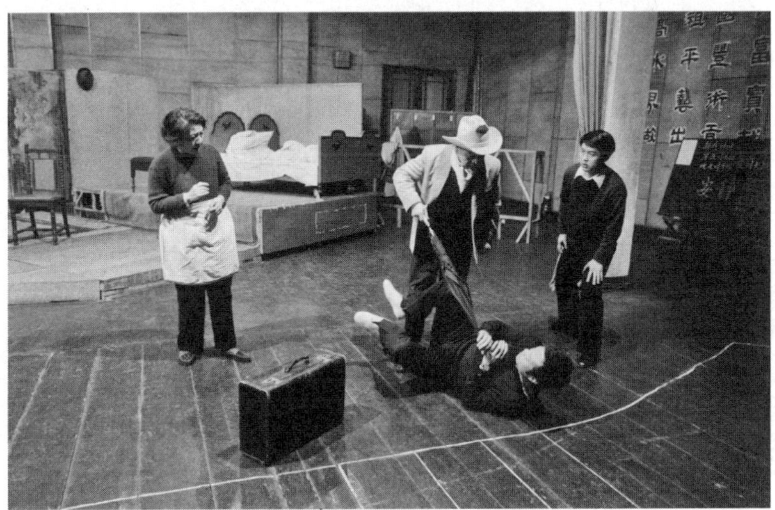

排练打斗的场景。（图 / 英格·莫拉斯）

科，什么时候是发自内心。他最后的一段台词听起来不大可信，我有点担心，想跟他谈一谈这个问题。晚上，威利在花园里种花，拿着手电、铲子和几袋种子，本在这时出现了。实际上，威利招来本是为了讨论自杀的问题。本的幽灵对威利说，比夫会把他叫作胆小鬼、糊涂虫，又说“他要恨你的，威廉”。这些话迫使威利说出了对过去的深深怀念：“唉，本，怎么才能回到从前那些好日子去呢？那会儿总是阳光明媚，全家一条心，冬天去滑雪橇，他脸上红喷喷的。再说，总有好消息。总是有奔头有盼头……”

我猜，对于过去的充满希望的日子，英若诚只有理性的认识，没有确切的体验和具体而真实的印象。他承认了这一点：“那样的年代我很难想象。”

“威利说的是美国的20年代，那时候似乎一切都在正常地运转发展，到处都是机会，人们充满了梦想……”

“当然，我们没有那样的时候，中国在20年代时正被外国人瓜分。不过我没有从你说的那个角度想过。”

“你只从个人的角度？”

“哦，我没有考虑到社会背景。其实很明显，他说的是一个年代。”他沉默地想了一阵，说：“实际上，我们也有若干年的太平盛世，虽然我没有经历过。我想我能套用。”他再说这段台词时，回忆中充满了热情，而不是与己无关的客观和冷淡。

我也担心英若诚把有些地方处理得太过热烈，我觉得他这样表演会显得重复。我一直犹豫着要不要向他提出这一点，直到我确信问题不是语言特征造成的——我确实发觉，中国话里的强调听起来有种热情的感觉，很像德文的突然祈使语气，虽然发音不同。我查看了他的台词，找出了 10 到 12 处他说时带着不自觉的恼怒的地方。我把这些地方指给他看，试图跟他一起解决这些问题。结果我们发现，所有的问题都是因为在排练的初期，他还没有找准感觉，只好加重语气来肯定，以此来掩饰内心的犹豫。总之，问题的症结不是中文的特征。

实际上，我担心的不只是这种重音显得重复，还有这种重复会把威利演成一个爱发脾气、使小性子的人，而不是一个被自己的奇怪想法缠绕，看到死亡临近，拼命要寻找生命的意义的人。即使威利让家人和朋友觉得讨厌，他也不至于是个爱闹小脾气的人。他了不起，尤其是能因为爱而放下自我、身份。就是他全心全意地盘算着，梦想着自己的死亡，那也带有某种高尚的意义。闹小脾气跟这个完全是两回事。

我总想起李·科布演的第一个版本的威利，在我看来那是最好的威利。我好像时时能听到他的男中音，看见他结实的身影和令人感动的忧伤的颓然神态——这男人生不逢时，笑声中带着悲伤，又充满了对爱、尊敬和友谊的渴望。有一天，我看着英若诚表演——他站在台口眼望前方，林达在厨房补袜子。

威利 我不知道为什么——我管不住自己——我话太多。话少才有分量。查利就有这手，他话少，人家就尊敬他。

林达 你的话不多，你就是性格活泼。

威利 嗨，我总觉得，一辈子就那么几年，开两句玩笑有什么呢。我玩笑开得太多！我太胖。我的相貌太蠢，林达……

李把这段演成片刻的放松，内心平静同时又充满焦虑。我当时真觉得妙不可言。现在，我觉察到英若诚也是这样演的。他在跟自己说话，就像茫茫宇宙里一颗孤独的星星。他觉得自己在跟林达说话，她确实也回应了他的话，但是他马上又觉得不是这样。这时林达和本一样，不过是威利招来的回应，他一方面用他们来消除自己的焦虑，一方面又要证实他们的存在。英若诚又一次做出了尝试，他改得真快！他在朝正确的方向走，不过我们还需要对这一段再做些加工。

昨天下午，英格和我开车去了雍和宫，看了五百罗汉。大于真人的五百个披衣涂金的泥塑，长相迥异，一排一排阴沉地坐在那儿。英格发现其中一位长得极像英若诚，一样的平平的长方脸，一样显出智慧的微笑。想想吧，演威利的是位罗汉的后裔。

我跟灯光师老冯第二次开会。老冯 40 来岁，瘦小、精明。他比我们第一次开会时显得高兴一些——我们第一次开会时讨论了每一步的照明，当时我就觉察到他认为我提出的要求无法达到。现在我们只把讨论集中在第二幕三四个有问题的地方。第一件事是要把灯光投到地上，产生树影斑驳的效果，表现威利陷入了对过去的回忆，那时他的家四周都是树，而不是现在的公寓建筑。我能记起，35 年前的一天下午，我和梅尔齐纳、卡赞，还有另一个朋友——我想不起来到底是谁了—— 一起想出了这个主意。最先读过剧本的人老是怀疑，观众是否会随着威利走出或是走入回忆。我个人认为这没有什么问题，但是别人确实怀疑，这个办法就是针对这种怀疑提出来的。从头到尾我都觉得，这位中国灯光师打出的灯光效果更像是电力不足，而不是呈现出一个树影斑驳的居住区。我告诉他，这是因为远处的光源打到台上的光太分散，让人分不出树叶的轮廓。他同意我的看法，不过他说另有办法，只是我不要期望过高。我告诉他，我怀疑他不能达到这个效果，但是他不妨试一试。

接着，我们谈了最严重的问题。他们的设备没办法连续打出18场光，而充电需要至少20秒的断电。他发现，在第二幕威利去找查利那场戏和饭馆那场戏之间有18秒的全黑。我说："那时确实是完全黑下来。"他听了很高兴，问我能不能把时间延长到20秒。我说："当然，可以再长点，因为有一段比较长的音乐，我也需要在灾难性的饭馆那一场之前给观众一点喘气的空间。"这让他更加高兴。我看了不由得说："我写剧本的时候就考虑到了中国剧院需要时间长一点的断电。"英若诚翻译了，灯光师眼睛瞪得很大，好像很惊讶，看见我做的鬼脸，他才明白，笑了起来。

实际上，我对他的问题早有了解。1949年百老汇的摩洛斯科剧院上演这出戏的时候，还没有电脑控制的灯光设备。我记得我们的电工（他叫狄克，可惜我想不起他姓什么）用两只手控制操纵杆，用脚去够另一个灯的开关。他和这位中国灯光师一样，从未见过哪出戏像这出戏这么多灯场。当然，现在一切都由一个控制台来控制，一个操作员就可以轻松地控制许多不同的效果，或者把这些效果提前设定，让它们按时自动发生。

我现在也不再要求边缘清晰的聚光灯，因为中国没有这种设备。这里的设备已经用了30年以上，其型号则还要老。不过，这里的人对现在西方所用的设备很了解，很清楚哪些是他们自己没有的。

报纸上有溺死新生女婴的报道。统计数字显示，在一些省份，男女比例严重失调。20 年后，年轻男子中会有很多人找不到配偶。某报报道：在湖北省，“一岁以下男婴与女婴的比例是 182 ∶ 100，三岁以下儿童的男女比例是 384 ∶ 100，五岁以下的比例是 503 ∶ 100”。[1]《人民日报》把这种现象归罪于重男轻女的封建思想。在提倡男女平等的同时，中国实施“一对夫妇只生一个”计划生育政策。在这种情况下，如果不超生——超生被视为不爱国的表现——而想要男孩的人们就得想法子把家中唯一的孩子弄成是男孩。讽刺的是：调动个人积极性，实施市场决定价格而非固定价格等新措施都鼓励提高产量，这样农村地区难免看重男性——因为他们是田里的壮劳力，比女人能干。钱也应该是一个原因。按中国现在的标准，农民收入不算少；人们希望留住家产，而女儿要嫁给别人，不能继承家产——不然这份财产就会流入外姓人家。

这似乎与我无关，我一面读着这些批判封建思想的报道，一面想这跟我的戏没有利害关系。哪怕某一天世界被炸得腾空而起，剧作家照样会打开《泰晤士报》的新闻版，搜索头天首演的剧评，像得了健忘症一样置身事外。

上周四晚上，我们为两位音乐家把戏从头到尾过了一遍。我放弃了豪华的电影配乐，这两位音乐家将指挥与协助剧中配乐的演奏。到场的还有三十来岁的在北京执业的美国女律师贺诗礼（Jamie

[1] 米勒引用的这些数字是否属于湖北全省范围尚有疑问。

Horsely）、她的年轻司机以及司机的一位朋友。这出戏显然征服了他们，包括贺诗礼，尽管她觉得很难跟上剧中极快的语速——虽然她的中文已经说得很流利。人艺的顶头上司刘厚生也来了。他六十多岁，早年也当过演员。对这出戏他是为之倾倒。看起来中国人完全能够看懂这出戏。这真的可能吗？我感到欣慰的是，在剧中推销员和保险的概念被解释得意外的好。威利在对白中讲到了他是干什么的，他怎样做那些事情；保险的程序也被提出来，解释得相当明白——这多少有点奇怪。这会儿我才认识到，这种做法多少能够解释，为什么这出戏在不同文化背景的许多国家都能获得极大的成功。不过，我仍然做好了遭遇中国观众对这出戏无动于衷的准备。

关于中国文化的封闭，我跟英若诚有过一场有趣的讨论。有天早上，我们由这个题目说到中国的两种主导思想——儒家思想和马克思主义。我原没有想到，按照儒家思想划分的等级，作为商人的推销员的社会地位很低。儒家思想定义了一个人从出生到入土所应遵循的行为准则，君臣父子夫妻兄弟等纲常概念如同一张垂直的网，让想要超出常规的个人无法动弹。在这之上的马克思主义又加给人们一系列的责任。

看英若诚和波士顿女人在旅馆房间这场戏时，我不禁想到“贞洁”这个词。演员刘骏全凭自己把这角色创造出来——我怕自己会逾越中国人在两性关系上的禁区，于是由着她自己表演而未加指导。我不知道他们认为哪些是令人厌恶的，哪些是色情的。她随着音乐上场，一条白纱巾从伸出的手臂上垂下，她一边轻笑着一边转着圈，靠近心事重重的威利。按照剧本，有一处，他们应当接吻。演这一幕时，她投入英若诚的怀中，把脸背向观众。在台下，她对着一长串沿墙的镜子练习舞步。她请我们去她家里——她家在郊区，得骑一个小时的自行车才能到——可是当我们答应要去的时候，她又显得极为慌乱，因为她家只有一个房间。我对她同样是演员的丈夫的副业很感兴趣，他似乎在养殖一种大鱼。也许她还会同意我们去她家里。剧院大厅陈列着演员和周恩来的照片，她也在里边。

对于英若诚，我一直在努力让他变老。他虽然没有运动员的体型，但明显不像是 60 岁的人。衰老是威利的故事中很重要的一个环节。他试着脚步迟缓，做一点事情就会气喘，可惜他每每演得过火——这也在所难免。要是给他戴上白假发，也许会容易一些。我发现在末尾的威利种花时遇见本那场，他蹲下把种子口袋放在地上。我向他指出这一点，他看着我，显得茫然不解。我这才认识到，中国人习惯了蹲的姿式。在路口汽车站等公共汽车时，人们蹲下来休息。其实，那的确是一种很好的休息。我不再干涉了。

中午我离开剧院去吃饭，遇到英若诚。他好像很紧张，急着从停在门边的一堆自行车里把自己的车推出来。他刚听说，自己的家门大敞，可能失窃了。我说:“听起来像是纽约嘛！”他什么也没说，骑车快快离去了。到了晚上，他告诉我，是他母亲出门时忘了锁门，什么东西也没有丢。他担心的是自己的电视机、录音机，还有录像机——这是他从美国使馆的文化参赞那里借来的，用来看他想看的电影。他笑着说：“社会主义道德毫不动摇。”

这里水果很少见，尤其是橙子和香蕉。有传言说香蕉来不及收获，烂在地里。可以想见，对于刺激生产的新制度所引起的贪欲，一些人怀有厌恶情绪。一位欧洲妇女在这里生活了半个世纪，她对我们说："这种贪心——人性最坏的方面被释放了出来。"看到街头推着平板车叫卖的壮汉，我也听到类似的感慨。实际上，卖东西——甚至为大众服务——在一些国家会被当作不光彩的职业。在苏联，服务员离饭桌只一步之遥，但她们要过半天才会走过来简慢地把菜单递给客人。无论如何，中国的服务人员通常都很愉快，即使飘忽不定。

但是报章上总是批评商店对顾客有意冷淡，或服务不周，或存在欺骗行为。这总让我想起修义龙[2]的口号——"人人都是国王"；他宣扬人人平等，同时达到富裕，在很多方面让我感到那是我们的第一次文化革命。

今天是我给自己放假的第三天，也就是最后一天。我在考虑以后几周的排练。我相信我们可以用十天甚至更短的时间排完这出戏。过多排练会带来隐患，厌倦的情绪会影响到表演。也许我们可以坐下来，谈一谈这出戏，谈一谈美国和中国，以及演员们在表演上能做的比较细微的调整。我仍然觉得难以认可他们现在的表现以及这出戏背后的美国。当然，除非世界上真有那种法语称之为"le moyen humme"的普通人——他们无论生在哪里都以同样的准则"运转"。

英格和我又骑着车在北京的大街小巷里穿行，我们逛了三个小

[2] 修义龙（Huey Long），1930 年一度出任美国路易斯安那州州长及联邦参议员，鼓吹民粹主义，有很多追随者。

时。在这个阳光明媚的早上，每条街道旁边都有一群一群的人——有时候是一大群——围着卖东西的平板车。卖什么的都有，东西都很便宜。以西方人的眼光看，这些东西除了穷人没有谁会买。可是在这儿，小贩们的生意挺红火。尤其受人欢迎的是按尺卖的白棉布：小贩先剪开一个口，然后把布横断撕开。十八九或者二十出头的小青年在卖气球和小孩的衣裳。多年来，买卖和买卖人在这里受到歧视，商品在没有人情味的国营商店的柜台上才能买到。现在做生意的人又重新出现，他们贱买贵卖，不知不觉间把商品分配到需要它们的地方去。他们招徕过往的路人，招手、吆喝、抖动货物使其看上去光鲜亮丽。他们从哪儿学的这些？这也许是天生的本能吧，因为在中国，30 年来自由贸易一直被划为禁区。现在集市又回来了，带着它原始的兴奋：买下，拿回家，穿上，希望它能改变自己的生活。这是一种古老的购买冲动。当然，年轻人因为找不到正式工作才干上这一行，这种职业被人所轻视。可是，他们并不垂头丧气，眼神里透着典型的推销员的精明和贪婪；卖货的抬高了声音，买货的掏钱时就不再怀疑。

我们骑着车路过一长段灰色的围墙，里面是几座楼房。大门上有块铜牌，上面刻着“北京市公安局”。我想起来，到现在，我还没见到过一个警察、一辆警察巡逻车，或任何警察的迹象。但是有报纸报道，犯罪率正在上升。每个街区都有居委会来防止青少年犯罪、处理日常的小麻烦。家人或邻里吵架，从来不会闹到法庭上或是叫来警察——只有事情比较严重时才会叫警察。这些警察只在夜晚骑着摩托车在城里巡视。为应付严重事端，城里也有驻军。有很多便衣警察分布在各处，外国人对这一点确信无疑。

下午，我到外国语学院，见了十来位教师和三十多位研究生，开了一个小时的座谈会。我在这里得知，并没有什么筛选体制干涉翻译何种外国作品。海勒（Heller）的《第二十二条军规》（*Catch-22*）以及贝娄（Bellow）的《洪堡的礼物》（*Humboldt's Gift*）现在很受欢迎。可是，最让人着迷的是阿加莎·克里斯蒂（Agatha Christie），她的每本书都至少有五个译本。这些译本被冠以不同的名字在不同的出版社出版；读者多次向书店抱怨，所谓的新书，他们早已读过。

外国语学院的建立不是出于文化的考虑，而是出于纯粹的实际需要。世界上说中文的人不说别的语言，不说中文的人也不想学中文。英格能流利地说所有的欧洲语言，还非常精通俄语；可为了达到流利的水平，有八年的时间她每天都学中文，另外每周都要去耶鲁上课。因此，中国人学外语对国家以及经济十分重要，而无关乎文学艺术；学外语的学生被认为需要相当高的智力水平。

我、英格和英若诚，面对着七八位教师——他们年纪多在五六十岁——和大约 40 位学生。桌椅沿着教室的墙壁摆放，不很正规。这座楼建于 20 世纪 50 年代，是当时中国典型的方形建筑，黑暗的过道，油漆剥落，两头的厕所溢出刺鼻的气味。

这个座谈会安排在下午，利用上午和晚上排练之间的空档。我和英若诚都觉得有些疲劳，因此只是请大家提问，而没有做什么演讲。过了好长一段令人尴尬的沉默，才有一位极为紧张的二三十岁的男青年站起来提问。他的英语说得很好。他问道："我不懂为什么阿比盖尔（Abigail，《塞勒姆的女巫》中的人物）这样年轻的女孩会有这样复杂可怕的念头。”——有人笑，他仍然继续着——“她年轻性感，却夺去了好多人的性命……”他的困惑和天真让大家都笑了。系主任对他说：“你还需要更多的生活经历。你现在太年轻，不懂这种事情。”他们中的很多人都保持着童贞；他们遵循着种种严格的道德观，并不仅仅在性方面。英若诚后来告诉我，周六我休息的时候，他又把戏过了一遍，观众是五十来位剧院工作人员。年轻人都感动得流泪——这种情景在中国不常见到。而年长一些的观众，他觉得，虽然也被感动，但“似乎不想陷得太深”。他推断说，原因可能是这出戏没有给出常规的道德框架，尤其是威利和波士顿女人那场。

学生们可能对英若诚和我这个外国专家过于敬畏，经过一些放松和鼓励的说笑，真正的讨论才得以开始。大家普遍认为诗歌的形势很不好。有位教授说：“诗歌应当是不确定的，如果不这样，何必作诗？可是‘不确定性’这个词在这里不为人知已经很久了。”对这番话，没人反对，也没人评论。虽然中短篇小说不断涌现，教授们对此也评价甚高，但他们对新的中国文学的热情尚有保留。也许他们认为，更真实的新文学是一株年轻还不健壮的幼苗，但是大有希望。

人们好像对我1957年被非美活动调查委员会传召的经历很感兴趣。我尝试着回顾历史，说：我是在风浪就要过去时被传召；在心理上比较坚强，因为我身在戏剧界而不是电影界，电影界的人没有我这种独立性。但是他们以为我这样说是因为谦虚，人们更喜欢一种纯粹的英雄主义。谈起人性的恶，最后谈了去年在上海演出的《塞勒姆的女巫》。

这些学生和教师都不会谈太深刻的话题，也缺乏有力的哲学反思以形成新观点。我看这不是因为人们不敢表达非正统的意见，而是他们没有这种意见。我以为这绝对不只是中国的问题，据我所知，整个世界对大胆的意见都不太感兴趣。不论怎样，这里的气氛可以称为温和。也许他们的朋友或是父母经历了太多的动荡，这让他们认定无动于衷的谨慎才是最明智的选择。

虽然如此，我问到大量涌现的新刊物时，会场气氛却有几分活跃。从人们的笑声里可以判断，有些刊物确实非常前卫。

只要找到一个名义上的主办单位，个人就可以办一份刊物。这些单位可以是工会、学校、公司、任何法律承认的团体，而刊物不必反映赞助人的特殊兴趣。同样的程序也适用于戏剧团体的成立，只是所有的小剧场活动刚刚兴起，还处于婴儿期。然而，新兴的非主流戏剧已经开始出现了。首都剧场上演过两部这样的戏，《推销员之死》也将在首都剧场上演。

我离开时试图打消自己的失望情绪。我警告自己，比起其他学术环境，在这里我只看见几处不甚光明的阴影。凭有限的个人经历，我认为，这些阴影已经重复了一代又一代。而且，走出这些阴影尚需时日。

午餐时，有两位美国记者来采访。我和英若诚查看了申请采访的中国杂志社名单，有几百甚至上千家。虽然很多杂志的质量值得怀疑，但是确实有不少持有大胆前卫的观点。这两位美国记者读过一些这样的杂志，认为禁锢虽然没有完全解除，但是不会再恢复。中国像一艘轮船正大胆地开向公海；有些人似乎在等待，以为会有另一组船员来扭转舵轮，再把这艘轮船开回到旧港湾。两位记者认为，《推销员之死》的上演如同北极星，将在以后很多年里指引着中国戏剧发展的航向。

昨天，我和英格骑车在城里转了三个小时。尽管有不少贫穷和落后的景象，整座城市让人觉得如此亲切。街上有人聊天，路边有人买卖东西，沿街的店铺有人闲逛，老人、小孩都被照顾得很好，有人在修自行车，有人比较各自买来的东西。小至青菜，大至整张的聚合板，几乎所有的东西都能用自行车携带。对比之下，新建的住宅楼显得冷漠萧索，少了小院的人情味。古老的小院，地上铺着砖，这里众人品评众人的花草，无疑更知道彼此的隐私。我又想起来离开机场经过那些高楼时，英若诚说："这不正是威利讨厌的公寓楼吗？"人们是否正沿着疯狂而讽刺的轨迹奔向布鲁克林？也许观众根本不会做这样的联想。

两位美国记者告诉我，有很多住房项目中途停止（我们也注意到了这个），原因是干部罢工。这些干部是技术最熟练的工人领导，他们要求无论如何自己也要先分到房子，不然就拒绝完工。我不免想起哈皮在"挽歌"那一幕的台词："那好吧，老兄，我要叫你，叫所有的人看看，威利·洛曼没有白死。他的梦是好梦，人只有这一个梦好做——压倒一切，天下第一……"这段台词人人都能懂，对此我确信无疑。

我们和贺诗礼还有使馆的一位经济学家一起吃晚饭。我们四人都很关心近来中美关系的变化。《推销员之死》能否成功表现两国人民的共同人性，在此时显得尤为重要。

贺诗礼的寓所和办公室在新建的现代而舒适的北京饭店的高层，从这里可以俯瞰天安门广场。这时一排排街灯刚刚亮起，戈壁来的持续的沙尘把天空染成了黄色。为了节约用电，路灯瓦数偏低而显得昏暗，这似乎也喻示着中国人较慢的生活节奏。这种节奏让我们回想起美国南方一些地区的生活；这种生活方式的失落，令许多移居到喧闹的纽约或芝加哥的人们感到惋惜。在这里，人们在街上停下脚步，从容地聊天。整个城市由一群如村落般的居住区构成，只有一两处有着大宾馆的街区，才给人毫无特色的大都市的感觉。

我问经济学家中国经济形势如何。他说，过去一年半消费水平有所下降，我怀疑这是计划导致的结果，这里做什么都有计划。但是他说：“这里没有详细的统计，会有什么像样的计划？计划经济的想法显得非常可笑：没有完全的统计数字，计划完全不可能；而统计数字差得不是一星半点。”

蒙古饭馆的晚餐辣而美味。空旷的屋子里有两座巨大的蘑菇型烧烤台，下面烧着明火，食客自己把切成薄片的牛肉醮上酱汁和佐料再去烤。后来又上了蟹肉、鸭肉、炒田螺。这场晚宴之后，英格睡了五分钟，我睡了一小时。

前面那座烤台的顾客是蒙古人，他们的桌子铺着白色的油布。后面的这座有几桌是日本人，再加上我们。我猜两座的价钱差不到哪里，我们每个人花了九美元，其中还包括好几升啤酒的费用。

四月十一日

《推销员之死》剧组的演员对美国社会抱有强烈的好奇心，今天上午这种好奇心就显露了出来。我对大家较为详细地交待了这出戏的社会和历史背景，它的特征和主题思想。这还是自开排以来的第一次。在这个部分经费靠政府补贴的剧院，排一出戏通常要花六个月，人们可能习惯了这种讨论。但我认为，只有在我弄清了大家的疑问之后，只有在他们对这出戏有了大概的了解并且相信自己能够掌握之后，我才能开始讲这出戏的社会背景。我休假的三天里，英若诚不仅让演员们反复练习了台词，而且征集了他们想问又不敢问外国专家的问题——他们怕问这些问题让自己显得幼稚、无知——比如说，在饭馆那场，哈皮为什么在勾引女人时说自己的外号是在西点得的。

英若诚解释说，西点是美国的军校。我补充说，在哈皮的心目中，它意味着出身背景；他也用这一点表明自己有责任感，晚上约会时是个可靠的陪伴。事实上，这个形象跟他混闹和不负责任的脾性正好相反。

“中国有类似的事情吗？”我问，“如果在类似情况下，一个小伙子想让自己喜欢的姑娘对他刮目相看，他会怎么做？他会怎样撒谎？”

比夫和哈皮是演员里最年轻的，私下里嘿嘿笑了一阵，然后比夫自告奋勇站起来说：“他会说自己是演员。”他又加了一句：“如果他不是，他更会这么说。”

哈皮对此回答不甚满意，他说：“我会说有个在香港的爸爸。”这让满屋的人笑得前仰后合，有些人用手打着座位前的小桌。

“这能够增加魅力？”

“当然。”英若诚替哈皮做着翻译，“这表示他有钱。”

我们继续讨论。我觉得演本的演员念起台词像是钢刀划刻玻璃，抑扬顿挫声声震耳。他的问题令我震惊。我以前觉得他向上吊着弯起的眼角如同京剧脸谱。现在我不再这样看。也许是因为我不再看他的容貌而是看着他的眼睛，我感到他是个很有智慧的人，而非带几分典雅的严肃的人。他找到一双黑色高筒皮靴；英若诚把去年在德克萨斯得来的大牛仔帽给了他。他一直穿戴着这些行头。

他问道：“比夫要去西部干农活究竟意味着什么？我这个角色跟西部有什么联系？这对于我和威利有什么意义？那些西部来的人受尊敬还是被人瞧不起？”

天知道他想的是什么。我猜他以为比夫是参加西部开发的大批青年的代表。在这个有着十亿人口的国家，人们也许想象不出，一个人能够全凭自己的喜好做出这样的决定。我猜这位演员把比夫和

本伯伯。(图 / 英格·莫拉斯)

19世纪的西部开发混在一起。他对美国历史的了解程度跟我们对中国的了解程度差不多——也许更低，因为我们还没有类似的误会。我感到我们正偏离表演的话题，于是试图把讨论引向比夫因为没有达到父亲的期望而产生的负疚感。说起表演，应该有很多事情可以讨论。但是，那些现在还没有提问的演员异常沉默，而六七个旁观者的笔悬在半空，等着我说点什么。我最后决定回答这个问题。我想，对中国人来说，美国西部仍然是最吸引人的美国神话。

“比夫对西部的看法，也是美国人的传统看法，比如，西部是对自私的城市和商业文明的逃避，是个充满机会的地方。它是我们浪漫的角斗场，在那里你必须要尽全力证明自己，而不是只凭着几张证明文件。事实也许不完全如此，但是我现在讲的是它的神话，比真实更加重要。”很多人都在点头。

意外的是，林达举起手来。她显出一种沉思而热烈的表情，似乎被一个新的感人的想法吸引住了。她说：“中国的变化很大。”申为她翻译，因为英若诚说话太多，需要休息。我注意到，他在一些地方小心地校正她的翻译。林达继续道：“很久以前，如果我的丈夫要去农村或边远的条件艰苦的地区，帮助那里发展农业，或支援那里的建设，我会毫不犹豫地替他收拾行李。”

她停住，舔了舔发干的嘴唇，眼睛里充满了感情。她接着说道：“但是现在，我无论如何也不会让他离开城里。我不明白这些，我不明白自己的心态。”从她迷惘的表情，我可以看出她深深地陷入了自己以及所有人的过去。对我来说，答案很简单，她不再相信自己以前相信的东西。但是在贫穷和富有牺牲精神的生活里，人们有必要为未来而活，比生活得心满意足的人更需要如此。感到自己失去了信仰是极为痛苦的，这种信仰以前一直支持着她。但是我相信她确实不懂得自己这种心理变化。

她继续说："1958 年的时候，很多工人不要报酬到急需他们的地方去，只要有饭吃，有水喝，有地方住就可以了。""当然……"她又补充说，未加太多强调和证明，"一个原因是，城乡生活水平差别巨大，但是……"没有说出结论，她突然打住了。

比夫插话说："我认为 1958 年的情况要糟糕得多。"大家又笑，开始相互讲述自己这二十多年里令人困惑的经历。比夫今年 38 岁，曾在军人剧团里工作过，十年前才来到这个剧院。虽然他感情强烈、热情，但仍属于无忧无虑、逍遥自在的类型，总能摆脱窘境，不会把事情搞砸。他这一点跟貌似无赖的哈皮很像。哈皮也是军人出身；实际上，在那多事之秋，他的任务是看管干校——英若诚和查利就被下放到那里，像被放逐一样。英若诚回忆说：哈皮爱开玩笑；晚上总出去捉蛤蟆，回来请全宿舍吃蛤蟆腿，人们现在还在说，他有天晚上一气儿逮了两百来只。

我们现在开始讨论机会问题，对威利来说，这是个很重要的问题。我试图描绘 20 世纪 20 年代或者更早时期的美国推销员。他们是建立贸易和全国销售网络的生力军。推销员不需要受多少教育，但是性格要有魅力，坚信下一周买卖就会火起来。每个推销员都知道几个极为成功的同行，他们白手起家，死后受人尊敬。推销员的神话，象征着没有门第观念的社会，一个无名之辈一夜之间就可能上报纸头条。我于是想到舞台：美国人以为，一个演员用不到一两年时间的准备就可以迈向成功。英若诚插话说："在中国，演员要论资排辈，好多年以后才会出头。"

我说："就像晋升军衔。"大家反讽似的点头，笑起来。我讲了马龙·白兰度（Marlon Brando）如何一举成名：他没演多久，观众就折服于他那表面看来神秘的专注神情，他的独特个性。威利相信这种一举成名的神话。因此，他的儿子们从来没有被加以培养和训练，也就没有耐心为最后的成功放弃或是推迟眼前的享乐。他们自恋，按照60年代的社会学解释，象征着消费社会的自我陶醉。

对于我的这番话，大家的反应模糊而不确定，好像我只拨动了一根神经。我知道中国银行的储蓄率居高不下：人们为购置冰箱、洗衣机等大件电器而储蓄，但不轻易取款，只等着质量更好的产品上市。不久以前，人们对什么都还满意，但是很快变得挑剔起来。这些演员正经历着中国的新事物：买方市场；买方市场意味着消费者将体会到他们以前做梦都得不到的权力。这里甚至也有了大件商品分期付款方案，可见威利的种种生活方式已经漂洋过海传到了中国。总之，就目前阶段而言，从人们的态度中尚难看出他们对改善生活的产品和发明有普遍的热情。

关于比夫的理想的本质，人们提了很多问题。我感到这些中国演员们对理想主义持不十分肯定的态度。而现在，人们羞于直接谈论理想主义这个概念。总之，他们希望投入到国家建设中去，不想再继续理论上的空谈。

因此，《推销员之死》这出戏对他们来说之所以动人、有趣，并非因为它批判了美国社会，而是因为他们在它反映的家庭关系中看到了自己。林达提到星期六晚上排练时——那天我休息，不在现场——坐在后排的那一小批观众，她评论说："大多数人都哭了，因为他们的生活像威利一样，特别是他那种望子成龙的希望。"

对此，英若诚补充说："他们没有希望变得富有或者出名，他们都是普通人。但是他们认为这种隔阂——代沟——是一样的，完全是中国式的。"

本问道，比夫对像蚂蚁一样忙碌的城市生活的厌倦，是否代表了美国的一场"运动"。我在1949年——那时，美国的嬉皮士们有的还穿着开裆裤，有的尚未出生——已经回答过这个问题：这种厌倦纯属比夫的个人感觉，并非因为报刊杂志的影响。于是我如实相告，指明他并不关心政治。这些演员比起欧美的同行有更敏锐的洞察力，不过，对于比夫并不需要传达任何政治信息，他们感到十分释然。

为了把这种概念解释清楚，英若诚告诉大家："十五六年之后，比夫对商业的反对，在美国演变成了一场政治运动。"他笑了："极左分子开始了所谓的嬉皮运动，嬉皮士多数都出身于富贵人家。"人们扬起眉毛，似乎十分惊讶；有人笑起来，因为感到太难以置信。"这些嬉皮士穿得像穷人，留着长发，公开藐视正统的整洁。"

我忍不住插话："过了不久，老板们也开始留长发，有钱有势的人休闲时也戴上念珠，穿着拖鞋，人人都加入了这场运动……"

突然，在一片笑声里，我听见英若诚说："鲍伯·霍普（Bob Hope）的制作人穿着大背心，看着像个嬉皮士，实际上却是百万富翁！"人们摇头，或大笑或浅笑。英若诚是《鲍伯·霍普特辑》(*Bob Hope Special*）的中文翻译，他把这特辑介绍给了中国观众，并按中国观众的欣赏习惯，把其中的若干表达修改得更加幽默机智。

比夫止住笑，问："比夫也那样吗？"无疑，他以为比夫是最早的嬉皮士。

我立即更正他："不，不，比夫的反应完全是他个人的。嬉皮运动始于对社会不人道方面的批判。"这话引起了一阵沉默，不少人清楚地回忆起当初自己如何赞成对那些官僚主义、迂腐的学究、各种荒唐的规定的批判，后来事情发展得过了头。

我没有再说下去，因为感到人们不愿意面对自己的过去；讨论要围绕着这出戏，我觉得说到这里就可以了。

威利的老板霍华德问他的公司到底有多大。我告诉他：在当时，这家公司是中等规模，大概有二三十个雇员——也就是推销员——到各个城市推销。他还想知道，他从父亲手里接管公司的时候，经营状况好不好。我说:很好，不过他好像更愿意自己从头做起。

本好像还在思索这个人物的社会地位。比如，他为什么看不起威利做的推销这一行。我解释说，本是个富有冒险精神的探险家，甘冒生命危险去改变世界，伐木、淘金，等等。这种类型的人看不起待在城里的人只通过买卖赚取利润的生活方式。"这也许跟你们轻视商人、尊敬武士的封建传统类似。武士总是居于封建社会的最高等级……"

"在中国不是这样。"英若诚纠正我，表情中不乏骄傲，"在中国，商人的地位确实最低，不过最受尊敬的是学者和哲学家。"

"不论如何，威利必须要为自己的职业辩护，虽然他自己也不太看得起这职业。他对本夸口说：布鲁克林没有老虎和熊，至少还有兔子和蛇;比夫也很大胆，敢从工地偷木头，像个真正的拓荒者。"大家都笑。为英若诚着想，我把问题扩展开去："他也夸大了推销员过去的荣耀。"

"让我来讲。"英若诚要求道。有几分钟，我静静地听他总结我以前给他讲的推销员的故事，那时顽强、勇敢的个人主义者确有其真实意义。

在这几分钟里，我想起几天前参加的午宴，主人王炳南[1]是文化界的老大。他在30年代曾留学德国，并娶了德国妻子，因此对西方有一定的了解。他对我说："中国观众也能懂这出戏。虽然我们这儿没有旅行推销员，可是我们有不少采购员。每个大工厂都有到全国各地采购原材料的人。北京就有人到处采购蔬菜；这是个大买卖，不少人干这个发了财。"我没机会问他具体细节，但是可以想像得出。

我越来越感到所有的问题都围绕着一个主题：比夫和威利与资本主义社会格格不入，儿子拒绝进入商业界，父亲对自己在商业界的失败感到愧疚。我讲了大卫·梭罗和瓦尔登湖：梭罗反对使人类成为物质进步的奴隶；铁轨的声音刺激着梭罗，因为它破坏了大自然——一切美好事物的源泉。我可以看出大家对此迷惑不解。这个国家正想得到一切，赶超外国，实现现代化，梭罗式的抵制在这里难以想象。现在的中国在很多方面类似一百年前的美国。"我本人、我这出戏并不提倡梭罗的哲学，但是美国精神里有田园浪漫主义的成分，人们缅怀生活简朴的时代，那时人与人之间的关系更富有人情味。梭罗指出，自给自足的农人如帝王一样尊贵的时代正在结束。他看到重工业占据了统治地位，随之而来的是商业主义的新文明和新价值观，以及马克思所称的金钱关系。在威利的心目中，他的哥哥本——那个富有的创造者——是个自由人，有着冒险家所有的力

[1] 原文错误地记成 Yuan Ying Nan。

量、独来独往和快乐的精神。威利对自己儿子的教育很不明智，以致比夫长大了以后‘造反’，反对威利一辈子都在做的事情以及他所崇拜的物质上的成功。比夫不信任甚至蔑视单纯建立在金钱基础上的人际关系。”

我转向演霍华德的演员。他以前是浪漫剧的主角，现在50刚出头，开始谢顶。我觉得他的表演处处在刻意模仿所谓的美国式的稳健自信。这种刻意模仿已经非常糟糕，中国演员惯有的过度兴奋又会让他突然中断。他在演错的地方停下，摆手、笑自己，并且编出一些动作。但这些动作于事无补，不过是对空洞的表现加些修饰。我告诉他："威利要告诉你的是：商业界的冷酷无情正在毁掉他。你怎样回答他？"

这位演员在我说着英语的时候，还在跟旁边的人聊天。他喜欢聊天，甚至申翻译把我的话译出来的时候，他也没有听。我叫他注意，命令他听，又重新解释了一遍。"你回答说，你无能为力，你们是一条线上的两个蚂蚱。"他只是面无表情地点头。我将来会温和地领着他，一点一点地帮他排练这部分。

我总结说："对于技术进步带来的疏离感，这出戏没有给出问题的答案，因为我也没能找到答案。我想表现的是我们为这种进步付出的巨大代价。你们也许比我更加清楚，中国也有类似的情况。"我一直在解释这出戏，但直到现在才明白，这次排练与以往在其他地方的排练不同，最大的障碍是我不能像演员们那样理解这出戏，并像他们那样理解美国。也许我太多疑，不过他们如此轻易就进入了角色，对我来说这证明了他们只是在肤浅地表现，以后需要有深入感受的时候，他们所拥有的只是技术，没有其他。我必须要进一步探索中国人的生活经验，为了达到这个目的，我要引诱他们表露出更多的可与剧中事件和想法相参照的个人经验。当上演的日子到来，与己无关的表演只能自欺欺人，显露出它的粗疏肤浅。

关于这出戏与中国相关经验的话题引起了英若诚和剧组其他所有演员长时间的讨论，我在一边等着别人为我翻译。英若诚简要地汇报给我，带着满族人的笑容，抿着嘴，眼睛带着笑意："他们说，我们现在已经够商业化了，处处都得谈钱。"

我们全都笑了。我问："头两天我在街上看见一群年轻人在楼房和平房前挖坑种树，你是说这也要钱？我觉得他们是邻居间互相帮忙，不要什么报酬。"

英若诚说："当然，这种事不要报酬。实际上我们现在是双轨制，一套是商业主义的，一套是社会主义合作式的，两种制度都在实行。"

"你估计商业化会不会越来越流行，比如会有专门的人来种树。"

"当然会，有些地方已经这样了。"他半开玩笑地回忆起来，"不花钱什么事也办不成。记者到乡下采访，农民同意，但是他们要求记者付钱补偿采访所占用的时间。他们挣到了钱。时间就是金钱，为什么占用时间不付报酬呢？"

认识到这种困扰中国人生活的商业主义，大家都会心地笑了。对他们来说，问题不止于此。也许，这一方面来说是进步，另一方面让他们在与他人相处时变得冷血。无论如何，我感到英若诚对金钱始终持贵族式的怀疑态度。他不止一次地提起，只需要一点点钱就能在中国生活。有一天我们一起探究钱财乃身外之物这个谚语，并把它与威利的心理联系起来——威利在拜金和轻财两者之间摇摆不定。我指出，按照弗洛伊德的心理学，金钱是粪土。英若诚则告诉我，按照中国文化的解释，金钱是万恶之源。身为演员，他以此自慰。我还以为，这种看法给他某种骄傲感。

当演员失去了注意力，或是一幕戏中断时，我会问英若诚一些精确的中文翻译。第一幕，比夫要到前老板奥利弗那里借钱，威利教比夫穿正装，不能穿运动服去见奥利弗。但是在中文中，“正装”（suit）只能译为“西装”（Western suit），我觉得不可思议，因为威利他们所在的地方是布鲁克林而不是欧洲。于是英若诚改成“那套蓝的”，意思是同一颜色的上衣和裤子，或“西装”——尽管意思不完全是这样。

演佛赛特的演员提出了一个更为微妙的问题。当哈皮在饭馆里等威利和比夫的时候，这个女人了走进来。这位演员想知道：她是不是个妓女，来这里找男人？如果不是，她上饭馆来干什么，自己一个人喝酒、抽烟？

我必须赶快想好怎么回答。如果说她是个应召女郎——哈皮就是这样想的——我就需要解释这女人的外貌以及行为举止在这种场合与其他女子没有什么不同。这样会让这位女演员感到无所适从，不知道去模仿谁、怎样表现角色。可是如果我说佛赛特小姐是个妓女，我恐怕她难免会感到她应当是个光彩照人的美国女郎，天上难寻，地上无双。所以我只回答说：她是个摄影模特，正如她的台词所透露的；她累了一整天，这时来饭馆休息一下，喝杯酒。中国人喜欢休息,休息是生活中的最大补偿。人们经常对我说“休息一下”；事实上我不久就发现，我让这些演员工作得太辛苦。

我的解释似乎让她释然——她不必演自己从未演过的堕落的角

色。她身材高挑，长得很好看，约莫35岁，圆形脸，胖乎乎的，表情很天真。她特意戴了一顶破旧的绿色苏格兰呢帽，斜扣在头上，显出这个人物大胆、冒险的性格。当然，她仍穿着宽松的裤子，跟大伙儿一样天天骑车来排练。

“也就是说，她告诉哈皮她上过杂志的事，是真的？”得到肯定之后，她显得特别满意。现在她知道是怎么回事了。

但是为了加强这个令她高兴的解释，我觉得应当再补充一句：“只有哈皮才会说她是‘千里挑一’，只有他才会这么觉得。在哈皮眼里，一个女人若不像他妈妈那么好，就该是个妓女……”旁观的演员大笑起来，我知道自己说到了点子上。正如一首伦敦老歌儿里唱的，“过去的好日子不再来”。

走近佛赛特小姐时，哈皮显得十分高贵，姿态优雅。我觉得他好像穿上了绸袍，长袖舒展。我无心让他恢复自然，因为这样看上去简直太美了。但有一样不对，他一变成这种举止，目光也向前方远眺。我要让他保留原来的姿态，但放弃这种高尚的眼神。

台词里有数字出现时，演员们就用中国式的手语表示。旁观者大笑，因为这出戏演的是美国的事情。渐渐地，演员们放弃了这种手语。哈皮说：“我说什么来着，她招手就来！”这时他缩起四指，食指勾动。我保留了这个动作，它很有表现力，说明了一切。

我们喜欢在北京有规律的起居生活，觉得这比到处观光更让人放松。游客的注意力必然朝向外界，但是常住在一个地方，你会让事物慢慢进入内心。即使在一天来往四趟的宾馆到剧院的路上，也会看到一些变化：今天卖的菜跟昨天不同；路边两棵树之间忽然晾上了被子；做家具的在家门口刨平木板——因为屋里没有地方；路边支起来一个帐篷，两个年轻人正在为人家弹棉花、打被套，赚的是加工费。为了减少失业，政府鼓励年轻人自谋职业。所有的木工都不需要电动工具，人们用斧头巧妙地剖开木头。他们用的刨子可能还是忽必烈时留下来的，两侧突出的把手像是兽角。木匠就在路边，按着顾客的草图做家具，把一层薄薄的貌似菲律宾红木或是柳木（一种软木，耐水印）的聚合板贴在框架上。就像其他地方的木匠一样，这里的木匠也不在乎有人旁观。他们大多年纪在三十以下，有的还要年轻得多。

人如潮涌，像被海浪冲来冲去的石子。在这几条街之外，这样的人有很多，每个人都有自己的隐私，每个人都在追求更好的生活。切记，这群人并非野性难驯，缺乏教养。从无数神态安详的脸上，从静静闪烁的无穷智慧里，我感觉这个城市的人似乎个个都是贤者。

有天下午，我们正在散步，一个骑自行车的年轻人忽然在我们跟前停下，问我们从哪里来。他的英语出奇地流利。谈了一阵，我问他是做什么的。他说自己是卡车司机，正要回家去吃晚饭。无产阶级绝不是目不识丁的，他们受到了很好的教育，尤其是在近几年。实际上，他们的问题在于难以找到能够与自己知识水平相配的工作。不仅在中国，从开罗到里约热内卢都出现了这个难题。

在这位骑车的年轻人看来，这里已经很开放，在大街上看见西方人不再像五年前那样是个新鲜事。事实上，人们常常对我们视而不见。出门的最佳时间应当是早晨六点半，这时候大街上车水马龙无比喧闹。下水道旁边有个男人正在漱口，胳膊肘几乎碰到了经过的公共汽车车身。在另一个下水道前，有个妈妈正在把着小孩方便。

老大妈拍打起被褥，开始了忙碌的一天。过一阵儿，老头儿——绝没有老太太——开始在路边下象棋，一般是三个人一伙，两个下棋，一个支招。拐角上蹲着个租书的，二三十本书装在纸箱子里，旁边有两三个人也蹲着，看从他那儿租来的书——租书按小时收费。我不由想起父亲讲的20世纪之初纽约西区的那些事儿，那里厕所都在院子里，哲人们坐在台阶上聊天，匪帮、律师和歌手们都还是顽童，在街上吵闹着……与五年前不同的是，随地吐痰的现象明显减少了。不过贺诗礼说，她晨跑的时候总是要远远躲开咳嗽着吐痰的人，她运动衣的前后都用中文写着“不要随地吐痰”。

四月十二日

今天中午离开剧院时，外面阳光普照，迎面碰上了 NBC 的新闻记者。这位叫山迪 · 吉尔默（Sandy Gilmore）的记者带着他的摄像紧追不放，面对着我们倒退着走，结果差点倒在汽车后备箱上。我和英若诚都对他说，因为《推销员之死》是私人赞助的，现在没有而且将来也不会受到这个事件的影响。其实对此我现在并不太肯定。

朱琳——我们的林达——真是了不起。她进一步调整了表演 ：开场时，看到威利中断了推销旅行回到家里，她确实显出惊恐不安；而且，她的表演里再也看不出想要取悦观众的迹象，经过多日排练，这种倾向终于消失了。

晚上，我单独为霍华德排练了半个小时。他有一套高级音响，是在香港买的，还颇为自得地给大家展示过。几天前我听说了这件事，立即想到应当把这事与剧中的钢丝录音机那段——威利走进霍华德的办公室，要求为他在纽约安排工作时，霍华德正对着新买的钢丝录音机爱不释手——联系起来。但是显然，我的这番努力使得他的注意力过于集中在录音机上，以致完全忘记了威利。现在我必须把他的注意力扭转回来。我充满挫败感地跳起来，给他示范了一阵。效果还不错，他模仿得很好。他把握了这个人物的肤浅，不过仍然演得有些支离破碎，不够准确。但是他在力图做好。

我与以前认识的人多年以后相逢，看到对方已经长大，总会感到惊异。我想让英若诚也有这种感受。威利回忆过去，他对比夫在埃贝茨体育场比赛的事过于兴奋，查利笑话他，他把查利轰走了。他发现自己来到了查利的办公室，眼前站着伯纳德——他已经长大，当上了律师。这也许是剧中最奇妙的变化，这种效果的产生部分是由于这个变化既迅速而又合乎逻辑，更多则有赖于威利如何痛苦地认识到时间的无情，以及他如何看着年轻的律师，百感交集地观察他。讨论时，英若诚感叹道："好久不见，再见时看到对方已经长大，我们中国人会祝贺他，而你们美国人总是要夸对方看起来多么年轻——用我们的话来说就是'嘴上没毛，办事不牢'。"无论如何，当威利认出自己面对的是长大成人的伯纳德，他显得十分高兴。

晚上读几位中国女作家的小说结集。很奇怪，小说里新出现了一种悲剧的调子，而不是无产阶级的现实主义风格。令人悲哀的是，人们多少年后不得不重新回到起点，承认问题仍然没有解决。人们不认识但可以想见的文学人物出现了。我由此想起一位来自辛辛纳提的国会议员，也是非美活动调查委员会的委员。在对我召开的听证会上，他高高在上向下俯视着我，问道：“你写的故事为什么这样悲惨？”总体来说，政治家的私人生活都很悲惨，可是为了加强统治，他们需要积极乐观的格调。想到乐观主义（optimism）我就想起鸦片（opium）。我想象不出，禁绝了鸦片的革命发生之前，这座城市是什么样子。我也想起提倡药物心理治疗的提莫西·李瑞（Timothy Leary）这样的人以及他们的乐观主义精神。或许那只是一种美国人对待药物的态度，好像每当我们尝试一件新事物的时候，总会感到高兴。

观看排练的观众为数不多，少时6位，最多时不过15位。也许是他们散布了消息，现在就有人开始搞票。新戏总会引起人们极大的关注，这是因为好票子总是很快被单位买断，也因为人们总想先睹为快。他们根本不相信报纸的评论，尤其热衷于观看那些被批判为反动的剧目。

四月十四日

昨晚的排练很失败。威利做作起来，演得不认真，心不在焉。是不是他排练过多，或是我让他记的东西太多？该不该这时就放手由他去？

看见查利我就想起亨利·方达（Henry Fonda），一样的沉稳亲切，一样的多愁善感。我可以看出，如同方达，他总是扮演好人。其实他是个能演各种角色的好演员。在这出戏里查利这个角色有很好的判断力，我担心他演起来会不自觉地对观众做些暗示。我必须要加强突出这个角色的无知和天真，甚至愚蠢。对他这样聪明的演员来说，这有些难。可笑的是，所有的演员都或多或少地想要讨好观众。但是，他非常非常的棒……

在第一幕的结尾处，哈皮试图止住威利和比夫之间的争吵，喊道:“别吵了！我有个计划，可行的计划！”演员在这里遇到了麻烦。这很不符合中国习惯——突如其来，一气呵成地喊完这些话，声音

查利。（图 / 英格 · 莫拉斯）

威利和查利。（图 / 苏德新）

压倒他的父亲和兄弟。还有，那个计划也很疯狂——他和比夫要去弗罗里达，组织篮球队和水球队比赛，以此推出一系列运动产品。在技术层面尝试了几次失败后，我、比夫、英若诚和林达陪着他一起坐下来，讨论他的台词。我感到在这里我们失去了文化上的连接。

我问他："首先，你认为这件事有可能吗？——这个生意能做起来吗？"他犹豫地点头，耸肩，笑得有些尴尬。

我解释说："这个主意很可笑，不过这也是它之所以那么有说服力的原因。在美国这种主意大多都失败了，但是人们并不因此作罢。我猜，还是有不少人成功了，以致大家以为荒唐的想法有时也能成功。"整个剧组的人都被这种玄妙的解释打动了。我继续说："现在事情仍是如此，小企业一边一个接一个地破产，一边仍然像雨后春笋一般不断出现。这种异想天开并且去实现它的做法，在美国仍然盛行。即使统计数字显示成功的可能性极小，很多人仍然相信这样的神话。我想他们不愿意听到失败的例子，只想听成功的事例。”显然，这样的解释对哈皮很有帮助。他站起身，把这一段演得前所未有的成功——饱含着洛曼式的对空中楼阁的无限热情，哈皮不仅自己信以为真，而且唾沫横飞地讲给全家人听。

我问英若诚，中国的年轻人是否也有类似的虚妄的野心，社会是否有提拔年轻人的可靠的晋升制度。

“当然有,孩子们来到一个位置,想要马上接管一切,马上成功。”

人们又一次点头，大笑。这种解释非常实际，而我以前总把这一切看作始于政治上的理想主义。

“但是动机是什么？在这里哈皮的动机是金钱、权力和女人……”

英若诚笑了：“的确如此！他们想飞黄腾达，要快。”这让我想起很多，可是这里的人似乎只把它当作夏令营的胡闹。

“后来呢？”

“头一件事是一切排练都停下来。我们就是从那时起年复一年地打牌,玩十三点。剧院前面的剧场在演京剧。”他手指着大厅后门。“我们不少人最后去乡下种水稻。他呢，”他指着正在笑的哈皮，“为大家捉蛤蟆。”

我现在觉得他们看上去有些不好意思。我知道，曹禺那时 60 岁[1]，是这里的院长。我不禁想起曹禺来到我们康涅狄克罗克丝伯

[1] 曹禺 1966 年 56 岁。

里的家时说的话。那时他刚在华盛顿的圆形剧场看过《堕落之后》（*After the Fall*），他说这出戏的坦率深深打动了他，又说："我真后悔，把生命浪费在开会上，以至于没有时间写出真话。"实际上，在30年代的上海，他创作了两三个里程碑式的作品。我读过那些剧本，它们极有深度，人物丰满，背景宏大，表现出革命之前的旧上海已经病入膏肓无可救药的景象。这些戏中的女性人物都刻画得极为成功，没有将道德上或其他社会意义上的褒贬强加给她们。30年代初期[2]，曹禺曾在美国待了一年，喜欢上了奥尼尔的戏剧，并以此为基础进行创作。现在，他与45岁的演员出身的妻子[3]住在上海，他正在撰写回忆录——他的说法是"整理过去"。我那时不很明白他的话，问他《堕落之后》中究竟有什么特别坦率之处。我想也许他是指昆丁和麦琪之间的关系，但实际上他指的是，昆丁的老朋友卢被非美活动调查委员会追查而自杀，昆丁得知这个消息之后说的一段话——他为卢做了法律上的辩护，虽然他很害怕因此失去他在公司里的职位和社会地位。得知卢的死讯后，他十分震惊，但同时感到释然——心头的一个负担已经死去，而他又一次得以幸存。英若诚跟曹禺一起看了演出，他说曹禺不断感慨这一段多么真实。

真奇怪，看了两个多星期的中文排练，我越来越把演员们当作美国人。我不再注意到他们的长相，而且要提醒自己才会注意到他们的举止姿态完全不是美国式的。

[2] 曹禺于1946年首次赴美。

[3] 曹禺时年73岁，其妻李玉茹时年59岁。

我不认为这是习惯使然。因为我要求大家的举止行为不要太正式、拘谨，演员自身也起了变化，动作里透着美国味儿。英若诚曾说："洛曼家两个儿子所做的一切，所说的一切，和中国人家的儿子差不多，只是中国人不管自己的父亲叫队友，也不称自己的母亲为老伙计。"不过，我从他们随便的举止里觉察出一股懒散劲儿，这是他们不自觉带有的，如今看来似乎他们生来就是这样。

另一件事也让我吃惊：总有两三个身着古装的年轻女演员出现在排练厅门口——剧院里正排着一出古装戏，她们趁着自己排练的间歇来看我们的排练。这几位女子梳着高高的发髻，穿着金边的袍子，涂着鲜艳的油彩，悄悄进来坐下，静观布鲁克林洛曼一家的纷争。我得知，剧组全体演员也一改往常的习惯，放弃了休息，没有自己的排练时也不离开，而是坐在我的后面观看排练。

20世纪30年代，布莱希特（Brecht）在莫斯科首次看到不动感情的中国式表演时曾经倍受鼓舞。我感到这件事带有讽刺的意味。当然，他看到的是京剧。京剧过滤掉了一切的自然主义的表现，引入了一套生活中没有的，表演者和观众都认可的符号，以此达到"间离"的效果。京剧里的感情处理也与话剧不同，在京剧中感情泛滥被视为有罪，是在引诱观众。实际上，我相当肯定，人们请我来导演这出戏，是寄希望于我来打破程式化的感情表现方式，使之建立在真实的基础上，而非想当然的、动作上的、过火的、大吼大叫的表现。

虽然如此，我再次感到老毛病又回到朱琳原本可爱的表演里。同样的情况也出在比夫身上。但是我会不厌其烦地警告他们，不要有这种中国式的表现。我一指出来，他们就笑着接受，不再试图显得高贵或是可怜，也不再向观众席瞥上一两眼。但是，我仍然担心，我离开之后他们会演成什么样子。

虽然这样，我还是在不断改正自己的对夸张表演的成见；中国人同意某事——特别是可笑的事情时——惯于郑重其事地点头。我怕自己会强迫人们放弃自然而然的流露而屈从于我。

比如，在比夫发现威利和波士顿女人在一起这段，扮演波士顿女人的女演员以夸张华丽的风格进入了威利的记忆。以传统的纽约标准来看，这种风格几乎难以忍受。说到“亲爱的，再喝一杯酒吧，别老让人觉得你是天下第一重要，好不好？”这句台词时，她梦幻般地围着威利转圈，一边递给他一杯酒，长长的白纱一头绕在她伸出的手臂上，一头垂在身后，飘荡着。这场面完全没有美国味儿，以致一开始我想要否决它。但是这场面又是如此自然纯真，而以前这片段一向被演绎成赤裸裸的色情，我因此决定不做更改。也许她这番转弯抹角的表现倒比以往那些明目张胆的表现更有色情的意味。

这位女演员的表演都是自己设计的，而且她还在不断改进。我也不想让她马上固定下来。看着她轻盈的动作，我重读了波士顿女人和威利的两场对话。我匆匆浏览了一遍就发现，我当初写这段时就想要达到那种梦幻的超现实的效果，可惜所有的演出——包括首演——都未曾理会这一点。以前我们总是试图将真实感强加给下面这样的对话：

女人 亲爱的，再喝一杯酒吧，别老让人觉得你是天下第一重要，好不好？

威利和波士顿女人。（图／英格·莫拉斯）

威利 我真寂寞啊。

女人 你知道吗？你把我害苦了，威利！

显然，他们更多不是在交谈，而是在表述各自所处的做梦一样的不连续的非常压抑的境地——受恐惧折磨的人眼中那种可怕又常见的景象。表述这种恐惧的过程本身也应当是令人恐惧的，因此我在指导上做了改动：我原来要求他们表现出这场谈话是合乎逻辑的；现在我要求他们表现出谈话的不吻合不连续，同时又要表现出他们被性欲联系在一起。我想这样的改动让他们更明白也更放松；他们第一次相当精确地表现出那种状态。但是，直到现在，这些还没有完全固定下来。我猜也许是因为我在不自觉地逼迫他们更直接更真实地表现性的内容，这已经超出了他们内心世界允许的范围。

四月十五日

又是特别令人沮丧的一场排练。我猜大家都意识到了。我觉得自己与他们之间并没有建立任何关联，除了礼仪层面的——对我这个外国专家，人们不应该有任何真实意义上的抵触。我不明白大家为什么会这样完全没有注意力。他们的表演像走过场似的，声音机械地忽高忽低，没有内在的感情。英若诚演的威利令我不能相信，那是小人物类型中的最糟糕的一种。我想起保罗・穆尼（Paul Muni）1950 年伦敦版中的表演，即使卡赞来导演也不能使之起死回生。穆尼表演的威利是一个笑容僵硬，时时伸出手的“美国推销员”。英若诚并没有这样做，但他只用声音来传达感情，而且又恢复了过火的表现。这说明他不再“听”和“看”。我犯了可怕的错误。

总之，我努力不显得昏昏欲睡，决定在结束时说上几句，明确表达我对他们这种表演的看法，但又不要留给他们失望的情绪。我说，你们有些不能集中精力，我们必须要重新开始倾听彼此在说什么。我把失败归因于他们要吸收的社会和技术的背景知识太多。但我觉得自己不太相信这个借口。

看着日历，我有些吃惊。我们在一起工作，只有25天。可是我每天晚上都把戏从头排到尾。为什么我要他们进行得这么快？我想自己是担心他们——尤其是威利——到首演时还没有做好准备。过去几年，我曾给两位优秀的美国演员当过顾问，他们尝试扮演威利这个角色，但演到第二幕的四分之一就演不下去了。我不想让英若诚重蹈覆辙。这是个魔鬼一般的角色，像哈姆雷特一样累人，有太多地方要高声喊叫。这出戏没有更换布景的过渡，演员不能有片刻的休息。一场紧接着一场，威利总是要精神百倍地上场。

英若诚过度紧张的声带也是个问题。我没有让他练习轻松地使用声音，只是指出一些念白过于紧张，帮他回到放松的状态。他马上领会了。我们把那些部分又过了一遍，试图去除任何过火的表演。比如第一幕中有一处，威利问："孩子们都在吗？"英若诚说这话时带着怨气和失望。现在我们改成一句普通的问话，没有强调的重音。这样一来，他与林达之间就有了一种真实的交流和询问，而不是各演各的。他也感到了这种真实性，开始在表演里追求这种感觉。我一定不要忘记：李·科布在演这个角色的时候失了声；他"只"演了三个月就想休假，吓坏了大伙儿。虽然他是对的，但那时谁也不会把一个演得正火的戏停下来，放明星去休假一两周。我们不得不换人，而李·科布此后就开始演一个西部警察。

四月十六日

当我更多地排练片段而不是整幕整场地排练，我感觉那些问题又回来了。他们似乎想在演错的地方停下，而不是继续往前赶，最后再听我总结。我记得英若诚一开始就告诉过我，他们有一个单子，上面记着哪一天什么时间排哪一幕，就像个可靠的火车时刻表，使演员能够在排练前准备好。我从未按这个表排练过，经常想都不想就开始排整出戏，不停地雕琢角色。现在他们开始吃不消，但是我不觉得自己的方式有什么错。等着瞧，这跟他们习惯的方式不一样，不是花上好几周背台词、了解剧情，我一下子就把他们投入剧中，让他们在其中挣扎摸索。我相信这种探索和挣扎富有创造性，能使演员的肌肉得到锻炼，强壮得能够驾驭威利这种魔鬼式的角色。这种锻炼过程类似于剧作者以及导演把握全剧的过程。不应当把事情设计得太容易。无论如何，我猜他们正在经历这种锻炼带来的“肌肉酸痛”。

他们越接近掌握演技、记住台词——也就是说，越接近真正的表演——他们就越能够演得中国化。在饭馆里，哈皮走向佛赛特小姐，试图勾引她。他那副一本正经的样子很是奇妙：昂首挺胸，手势很严肃，但是带有一种喜剧的味道，比模仿随随便便、大大咧咧的美国人更能表现这一幕所要传达的美国本质。

我想，借着某种意料不到的魔法，我们也许能创造出既非纯美式的亦非中式的，而是这出戏本身所具有的一种风格。这出戏没有国别，只有一个普遍的人类环境。可是观众会怎么看呢？

我很担心，林达也可能在排练截止时，甚至正式演出时还记不住全部台词。一般来说，她能背下长达几页的独白而不出错。但是，现在她背这些长篇的独白时，还不必考虑后面的对话，姿式也不过是简单地面对着台下。我已经开始在她表现薄弱的地方让她停下，多加练习，只是为了让英若诚感觉好一些。英若诚的表演已经接近正式演出的水平，如果林达的表演有磕绊，会让他更容易分神。

在排练时，我常常累到再也听不进任何东西，不明白自己到底怎么回事，居然会接受这份差事。尽管我必须承认，我现在和将来都听不懂中文，但如果台词表达得不对或是改变了原义，我仍然能够察觉出来。他们一次又一次地对此表示惊讶。我认为自己听中文就像听音乐，只要有一双好耳朵，你不必是个乐师或是作曲家也能听出某段音乐演奏得太快、太慢或是太沉闷。只要演员们根据台词在台上走位，凭他们在舞台上的位置以及他们表演的动作，我很容易就能判断他们演到了剧本里的哪一段。

不知为什么，我累了的时候常会想写自传。也许对疲劳的艺术家来说，这是个不错的营生。可是，每位自传作者私下里都认为自己的一生是成功的。也许，这解释了为什么女人的传记如此之少，因为她们比男人更有自知之明。“我的一生——我是如何失败的”不可能成为书名，至少在我们亲爱的美国不大会。我的好友路易斯·昂特麦尔（Louis Untermeyer）是个诗人和传记作家。他写了三部自传，一本写在65岁，一本写在77岁，第三本在88岁写成，每一本都比上一本更令人振奋。他90岁去世时，带着莫衷一是的困惑，不知道生活对他有什么意义，更不明白成功为何物。他临终的话里有一句是：“我写得太多了。”

我们骑车在后海闲逛。这个人工挖成的湖，坐落在一片喧闹的市场之后，约有八到十公顷宽的水域。我们来到一个沿岸新建的小公园，这里的画面美不胜收。这时是下午两三点钟，中国的小皇帝们—— 一群一岁左右的男孩由他们的爷爷奶奶带出来玩。亭子里坐着一位八十来岁的老爷子，用苍老的声音唱着什么，跟前的四五个听众也跟他一样的年纪。英格听了一阵，然后告诉我说，他在唱家乡山西的美丽风光。太阳照在这些老人身上，我能觉察出他唱的是家乡的山和流水及家乡的天空的特别的颜色。他有一双粗糙多节的老手，那些突起就像这歌里所唱的山梁。故乡的景色好像就在他的眼前，他把它唱出来，连听众们也能看见。这才是真正的文化——那是一种信心，恰如其分，不加修饰。

尽管历史上有无数残暴的事件，街上仍能见到很多温和的富有同情心的人们。也许，谨慎已经成为生存的必需融入了人们的血液中。

我躺在床上看电视，忽然间明白过来，我正在看的是电视广告。我一直没有看出这些是广告，因为它们的制作十分原始、简单。但是，中国电视里确实在做饼干、糖果、卫生棉和演出的广告。值得注意的还有，他们自己的现代交响乐极有情感，很多人也喜欢听莫扎特。总之，这里的人们似乎同时生活在几个不同的世纪之中。

四月十七日

我们一整天都在练台词。台词是目前影响排练的最大障碍。这工作虽然枯燥，但是很有必要。人们似乎喜欢干这件事，我猜这让他们觉得有把握。而导演恰如家长，其目标是让演员们越来越没有依赖性。

英若诚请来一小群观众看整出或是一幕戏的排练，他们走时没有理会我，合上笔记本，跟英若诚说了句话就离开了。英若诚没告诉我他们都说些什么，我也忘了问。我觉得是自己的内心驱使我来到这里做这一切，由外界评说吧。

四月十九日

昨天和格莱蒂丝·杨（Gladys Yang）一起吃晚饭。她是个英国人，跟着丈夫杨宪益在中国生活了大半辈子，如今他们夫妇都已经七十多岁。杨宪益早年曾在英国留学。他将《奥德赛》翻译成了中文。“译成中文比译成英文容易些。”他回应我的嘉许道。虽然他们身处中国混乱的年代中，格莱蒂丝仍然完成了一件了不起的事情：她编辑、翻译了一本收入五位中国女作家作品的小说集。我很喜欢这本书，一直在看。她精练的文字传达出中文的不加雕饰的简明。新出的简装“熊猫丛书”就像她自己的孩子，她用了最好的印刷和纸张。这套丛书力图向世界展示中国当代文学的风貌。

他们住在外语学院后面的公寓楼的一层。楼房和校园之间隔着一个没有铺水泥的大院子。其中间几处中式房子由埋着碎玻璃的四面墙围着，表明四合院不会即刻消失。

“欢迎光临寒舍，请随意。”宪益迎接了我们。这间房的窗户面对着一堵砖墙，在窗户和墙之间灰黄的土里，开着六七朵郁金香。格莱蒂丝略显疲惫地说："人家说郁金香不能没有阳光，实际上它们不需要太多光。"

我们带来了一瓶威士忌，杨宪益立即打开享用，显然他们俩都很喜欢。现在隔了一天，我记不清墙壁的颜色了，也许是米黄色的吧。家具依墙摆放，好像是要开会，中间有几个深色的中式长方形木柜。

宪益有一副典型的中国父亲式的面容，眼珠深藏在厚厚的眼睑里，嘴角难得露出笑容，精致的双手温和地摆动时，很像游动的鱼鳍。不可避免地，英格和格莱蒂丝陷入了一场双向的交谈，而我和宪益坐在另一处喝起酒来。

我说中国在很多方面像刚进入 20 世纪 20 年代的美国。他回答说："在很多方面中国是 15 世纪的欧洲。"中国是他的伤心地、他的挚爱，当然也是世界的中心。他最近作为一个文化交流代表团的成员访问了美国。

"我只在洛杉矶待了两天，就坐飞机回来了。"他沉静地说。

他强烈的愤怒因为有同样强烈的抑制而不易察觉，只在他说话时发出的独特笑声里稍有显露。"洛杉矶？"他问，好像在考虑我的问题，"我喜欢洛杉矶的什么？我想想……不算太坏。"

格莱蒂丝从房间的另一头插话了，我原以为她没在听我们的谈话。她说："别撒谎。他讨厌、看不起那个地方，如同对总体的美国文化的态度。"

他试图讲一些积极的看法："迪士尼乐园……"然后就再也说不出什么。他这位学者被美国流行文化的残酷惊呆了：这种流行文化把声音、言辞、色彩、舞蹈的身体和碎布头搅碎、混合，夹进汉堡，再抹上酱汁。

格莱蒂丝曾经入狱多年。现在她啜饮着威士忌，轻声笑着。她的脸白得像纸一样，头发也全白了。我猜，除了好作品中优美的文字，她对中国、对世界的希望全都褪尽了颜色。格莱蒂丝身材高挑、瘦削，穿着中式黑绸上衣，纽扣系到领口。希望在哪儿呢?

我称赞她为女作家小说集写的序言："你没有把作品捧上天，这种序言并不多见。"

"噢，真累人呵，一通推广宣传……"

"现在我对中国的文学有了确切的了解……"

"是的。很不错，还会更好。现在人们开始追求真实了。会好的。"

"读自己相信的东西总是好的。"

"说得对，没错。"

《遭遇中国》(*Chinese Encounters*)里收有我在 1978 年对宪益夫妇的一位美国老朋友所做的一篇访谈。此君乐意为中国的一切辩护，除了当时并不存在的法制。他对这个没有等级制度的社会很满意，甚至认为这里不需要律师。我不能接受他的观点。这篇访谈，宪益有不少话要说。

我说："他们在训练上万名律师。"

"不得不如此。我们现在有几百家与外国人合资的公司，起码应当有人会起草合同。"

我说："金钱起纷争，就生出了律师。"

晚餐很美味可口，圆形餐桌上有鱼、肉和松花蛋。他们决意坦诚，以至于一直在嘲笑旧时的文字审查。我不禁惋惜，凡是不符合伟大事业的真实都不能公之于众。他们明显地不同意我们书里的一些内容，但是仍然多次称赞它很坦率。

宪益叉起一块鱼，自问道："现在我在做什么事？"他显出讽刺的表情："我在开会，决定给什么人什么职位、什么奖励。"

格莱蒂丝忽然说："我希望他们让你的戏公演。"

"他们为什么不？"

她耸了耸肩。

"请告诉我原因。英若诚正在要求他们同意一半戏票公开出售。"

"哦，这样很好。"她显得十分怀疑。

"我还是不懂。"

"他们不会同意公开上演。"她的语气似乎非常肯定，"在这里，你要做很多努力才能说动他们。"

"他们费尽周折把我弄来，为什么又不愿意公演呢？"

她没说话，仍是耸耸肩。

我们答应再次登门拜访。那时格莱蒂丝会请几位作家来，这正是我所期待的，特别是作品被选入她编选的小说集的那几位女小说家。

宪益陪我们走出大院。这时已经是傍晚时分；走过学院通向大门口的长而低矮的拱形走廊时，太阳落下了，这里很暗。宪益挽着我的胳膊，小声说道：他们不会允许这戏成功……我极为吃惊，以至于没记住他确切的用词。他对《推销员之死》在中国的命运非常担心，可以说是彻底怀疑它能否在中国公开上演。到了大街上，我们又高兴起来，热情地握手，大声说再见。街上到处是从推车上买东西的人，好像有两千人之众，挡住了我们的去路。瓦数不足的街灯下，人声鼎沸。

“我不能用‘海象’。中国人不这么说，所以我翻译成‘油桶’，这样才形象。”英若诚解释说。我们又在排他的那段独白——他站在前台说，而林达坐在后方的厨房里补袜子那段。他的表演仍然太平淡，太一般。我现在想让他创造出一种内心的隐秘感。我让他对自己的外表感到恼怒：照镜子时，我们时常会讨厌自己的面容和身体。我告诉他，这是囚禁我们的监狱。

“你在照镜子，是自己一个人，林达是你想出来的。她其实并不在那儿。”

“是的，好吧。这样好。”他现在一动不动地站着，看着观众：“我太胖。我的相貌太蠢，我没跟你说过圣诞节那会儿我正好去见 F. H. 斯都华，正赶上一个我认识的推销员也在，我进屋见主顾的时候，他正拿我开心，说我——油桶[1]！我——当时就给了他一个嘴巴。我不吃这个，无论如何我也不吃这个……”他演得好多了，有了私密的感觉，但还要再努力，不要把它演得过火；他应当让观众进到他的内心，但现在他似乎有心事，我想他因此显得更加神秘了。

我又进一步排练这段独白，以期达到更深处。不知怎么，我们谈起了缠足。我听说清朝统治者施行了这个可怕的做法，英若诚立即否认：“我们是反对者，而不是推行者！”他的解释是：皇帝宠幸一个脚长得极小的妃子；于是小脚就成了一种时尚，从宫廷传到民间。缠布把脚裹紧，足弓拱起，伤口会溃烂，发出的气味也许能

[1] 后来英若诚又将此处的“walrus”翻成了“大狗熊”。——编注

引起性欲吧。唯物主义者将之视为男性奴役女性的手段，它将女性限制在家里，成为无助的囚徒——不过，它也让她们几乎丧失了劳动能力。我同意英若诚的这种解释。

去波士顿找威利这一场，比夫学那个叫伯恩鲍姆的老师如何对眼和口吃。我们的比夫演得十分自然，不禁又让我疑惑文化差异究竟意味着什么。他这段表演充满了自信，演员在模仿实际生活里的人物时才会有这种自信。也许中国的中学生跟美国的一样，也喜欢模仿教师（尽管比夫说中国人不敢）——或者，他们向往这么干。比夫能够在一瞬间从一个沮丧的中年人变成一个可爱的 19 岁少年，这简直就像是变魔术。威利让他去楼下告诉门房结账，他连蹦带跳。他有办法开启那种 19 岁的人才有的旺盛的精力。不管排多少遍，他总是演得一丝不差。这些演员很少会演错，我把这归功于对表演的冷静处理：他们创造人物不是为了取悦隐藏在真实中的神明，而是观众。

我相信英若诚比当初翻译剧本时对威利有了更多的理解。我多少感到，他开始只是把它当成一件普通的工作，现在却投入了全部精力。“这出戏的意义难以确定。”对此，他当然感到奇妙而有趣。演一个不是很正面却能引起他人同情的人物，这真是一种冒险。

四月二十日

晚上，我们又去了宪益和格莱蒂丝的家。我们之外还有两位客人：漫画家华君武和小说家张洁。张洁那部很受欢迎的作品被格莱蒂丝收入了那本女作家小说集，还被拍成了一部成功的电影。张洁大约三十八九岁，离异，有个年幼的女儿。她看起来有点神经紧张。她的小说用第一人称叙事，叙述者讲述自己的母亲爱上了一个有家室的男人，所能分享的只是他的生活的残羹剩饭。张洁现在已经不满意这部作品，她说但愿它不是写成这样。她好像为自己的成功感到骄傲，但同时无法或是不愿意被这成功推到聚光灯下。我们一两年前在洛杉矶见过，她那时随中国作家代表团访美。我记得她讨厌美国食物。提起那次访美，我问她："你是否在美国见到了某些中国可能的未来？"

她的回答有些尖刻："完全没有，美国的东西并不适合中国。我们不一样。我们要寻找自己的道路……"我猜她误解了我的问题，以为我在自鸣得意，认为只有美国才有所谓未来。

我们随便聊了一阵。谈话需要翻译很不方便，张洁终于失去了兴趣，自顾跟漫画家用中文聊起来。这位漫画家年近五十，相貌堂堂，他画的政治讽刺漫画很出名。他喜欢我们的《遭遇中国》，不无幽默地承认，十分担心我会记录今晚和他的谈话。

他去过纽约，但是并不喜欢到处旅行，也不想对纽约做过多评价。我觉察到他对纽约没有什么兴趣。没有任何国家愿意被别的国家的阴影所笼罩——在相当长的历史时期内。

听说张洁离婚了——她是我碰到的第一个离了婚的中国人——我有意和她谈起离婚这个感伤的话题。要知道，在中国很难离婚。她说："法院似乎不想让中产阶级的夫妇离异，因为这个阶层对经济发展至关重要。"这是我第一次听说中国存在这样一个阶层。她说得很平淡，如果说她看起来怀有戒心，我想那是出于骄傲。我说起美国的离婚率一直在 50% 上下，这时紧张的气氛才有所缓和。她的作品和她的坐姿相仿：紧张、端正，直视着前方的黑暗，想从中找到一丝真实的线索。我很喜欢她，虽然和她相处不易。

我和张洁谈离婚时，漫画家有意置身事外，一直不说话。可是忽然之间，他冒出一句："离婚虽然很难，但是常有搞艺术的人离婚。实际上，离婚越来越普遍，经常让人感到，谁和谁也长不了。"

"听着像在纽约。"

这是我们两天之内的第二次造访，这次格莱蒂丝想纠正我的一个看法——我认为中国的新闻报道比起四五年前要开放得多。她说："这种开放是有限度的。"

宪益啜饮着威士忌，给我加满，纯的，没有兑水。英格和格莱蒂丝是一对，张洁和漫画家是另一对，只剩下我和宪益。

他似乎想完善我对于中国的认识。我巴不得他这样做；了解中国像吃花生米，让你越吃越爱吃。他说："比之现代欧洲，中国离拜占庭时期的欧洲更接近。这里积重难返的官僚主义、对思想的禁锢跟西方不同；如果我们一定要在西方历史中找出一个类似的重要时期，那就是拜占庭时期。拜占庭时期的社会体系和人们的生活态度和我们现在很相近。但是，我们正经历的这段历史比拜占庭帝国要长久得多。"

"美国模式你以为如何？有没有可以互为参照之处？"

"没有什么可参照的，你太不严谨了。"他的语气里带有专家权威式的嘲讽，玩味着中国未能走上西方发展道路的关键。他不再眯起眼睛。"我们的发展被割断了，这是毁灭性的。但我们不能追随美国的杂乱无章。中国人需要较严谨的形式，我们天性如此。"现在没有了文化封锁，他这些年一直在编辑《外国文学》。在被允许的有限条件下，这个刊物打开了通向世界的一扇门。

听他讲话，看着他，我不知为什么感到：过多的干扰，不停地捕捉变幻的风向，被迫做很多自己不愿意做的事使他精神困苦。这里的许多知识分子的处境和他一样，但他们并不抱怨，一点也不。他们是茫茫人海里地位低微的一个小部落，但至少他们不再为这种降格辩护，甚至把它看成历史性的伟大事业的必要组成部分。他们有一点跟俄国人不同：他们更坦率真诚。

客厅里的三组对话渐渐集中到一点上——《推销员之死》的命运将如何？

格莱蒂丝提醒我说："你要尽量给我们多弄些票。这样观众范围就不会太受限制。”

这种提醒是话里有话。大家都不说话了，这说明了问题的严重性。我想起英若诚曾不断暗示我：不要拒绝接受采访，这样才可以扩大影响，保证更多的人能看到这出戏。

格莱蒂丝继续道:“如果能被大家看到，这出戏会产生巨大影响，特别是在年轻人中间。”

话题逐渐过渡到了戏剧批评。

张洁说：“没有批评。”语气里并不带任何嘲讽。

“没有？”

“完全没有，跟美国不同。”

“新书出版后会怎么样？”

“有人会写篇文章。”

“该不是评论吧？”

“不是，写文章的只是个有名的人，任何一个重要的人物。”

“那评论完全是政治性的？”

“几乎总是这样，他们谈论主题思想，对形式和风格不感兴趣，至少在批评的意义上不感兴趣。”

“这种评论会影响销售吗？”

“那当然。如果作品受到批判，一天就会卖完。”

“没人相信报纸的话吗？”

“对艺术作品的评论，完全不信。”

“那我对负面评论真是求之不得。”

宪益说：“我们从来就没有批评的传统。”

“英若诚也这样说过。解放前也是这样吗？”

“也是这样。我们中间没有圣－比夫（Sainte-Beuve）那样的艺术评论家，甚至没有伏尔泰。在中国还没有艺术评论这一行。”

我将之归因于中国的制度。这是一个三角型的结构，权力从顶端向下传递，而非从宽广的底边向窄小的顶端传递。总之，如果作品能够出版，就不会有太大的问题。当然，非常时期除外，那时一出戏或一首诗就会成为一场运动的发端。

四月二十一日

我对来看排练的观众又增加了一些了解。我们连排的时候，他们在我身后坐成一排。这些人的年纪从二十八九到六十来岁不等。因为他们都穿着几乎一样的制服，我无从判断各人的头衔和职位。我只知道其中有一些是记者。我以前还没有觉察出制服能够产生这样的效果：并不是使人人平等，而是没有人能够显得突出——这两者是不一样的。我高兴地看到演员们彼此提出建议和批评，完全没有顾忌。我想，这也是平均主义的一个社会心理现象。

英若诚好像一点也不担心这出戏的上演会有问题，虽然他还没有得到正式承诺说卖给单位的票不会超过半数。我认为这与政治无关，而是百老汇式的商业投机。如果能一下子把票都卖掉，又何必通过票房一张一张地卖。

昨天来看排练的一位女观众问英若诚，整出戏的意思是不是在讲威利的保险金要由长子继承。她是个读书人，曾经读到过财产长子继承制在西方是个重要议题。她的这种理解，相当于地球绕太阳转动时稍有偏斜。

从英若诚的嘴里听到“Hebbatza Feel”，我总是感到十分美妙，觉得自己使埃贝茨体育场（Ebbets Field）名垂青史。谁又是埃贝茨先生呢？这座体育场早就不在了，曾在这里观看道奇斯队（Dodgers）主场比赛的棒球迷90%都已经过世。

我怀疑自己在比夫和哈皮身上花的时间比在其他人身上花的时间多。如果真是如此，那是因为他们俩比其他人更有美国味，虽然他们一句英语也不会说。我们仨总在一起大笑。

就要进入5月了，我们骑车在城里转悠。看见丁香、榆树、柳树、李树、桃树和菩提树都发了芽，真是满心喜欢。大地回春让我们感到如同回到了家乡；这些树在我们康涅狄克的家的周边也都有。

我担心英若诚过多地表现了失败感和愤怒，而没有充分表达出对比夫的爱，以及希望通过他而使自己不朽的愿望。威利确实想永远活在人们心里，他愿意为此献出一切。在倒数第二场，他的醒悟“他爱我”不只是一个意外的发现，也是对他与比夫——他的血脉和希望——本为一体的重新认识。这给了他需要的自我牺牲的价值。这一刻不能只靠精心的表演达到。英若诚怎样才能自如地演出这种感受？我不知道。但我肯定他能演好。

四月二十二日

我总是比规定的排练开始时间晚一两分钟到场，这时全体剧组人员都到了，在桌子后面坐成一排，面对着临时布景。我和英若诚花几分钟讨论问题，然后开始排练。随着上演日期越来越近，我隐约觉察到英若诚的紧张情绪在不断升级。我又一次意识到，作为选定这出戏以及选定我来导演这出戏的主要推动者，英若诚比我更期待演出成功。对于我来说，能够在中国工作两个月，而不是作为游客走马观花，无论这出戏成功与否，这种经历都已经十分值得。

英若诚今天早上报告说：看过几天前的晚上连排的记者中，有些人显然不考虑写任何报道——因为担心报道此事会遭到上级批评，而使自己处于被动；其他几位正在写他们的观感，应当会发表；有一则报道已经登载在《北京日报》上。我到的时候，英若诚正坐在洛曼家厨房的桌前读这篇报道。他认为这篇文章很不错，特别是它并没有提及资本主义的垄断——这种提法当然会转移人们对这出戏的艺术创新的讨论，英若诚认为对中国观众而言这才是最重要的。我们已经听见人们对这出戏的表演表示意外的声音——它被认为脱离了确有所指的传统风格，英若诚对此很满意。

在开始排练之前，我们还有几分钟可以讨论这不可避免的话题——评论家和评论。一个有如此之多艺术作品的地方却没有评论的传统，更不用说评论这种职业了。也许，没有评论倒为艺术创作清除了路障。不过，英若诚仍然盼望得到好评——任何一个配得到同辈赞许的人都会如此——不愿意混同于二流艺术家。英若诚认为，这是封建传统的遗害；中国被秦始皇统一之后，就形成了三角型的统治结构。“严格地说，这里没有欧洲式甚至旧俄式的思想交锋，生活的核心只是设法完成皇帝的旨意。甚至在农民起义成功之后，新皇帝仍然恢复旧制，召回前朝的官员，一些照旧运转。”他批评现在为艺术家朋友写拍马文章的评论作者。如果英若诚讲的确有其事，那么这种情况在中国历史上已经屡屡发生。即使如此，他并不气馁，认为就《推销员之死》而论，只有少数记者有所顾忌。事态究竟如何发展，到时候才会清楚。

昨天，美国通讯社的一个记者在电话采访里提醒我说，在第一次新闻发布上，我宣称自己不准备让演员去模仿美国人。这已经完全不成问题，我也不再去想。现在，这是中国人长相的洛曼一家。这样一来，他们把自己置于一个想象的国度，我想在地球上找不到这么个地方。我再也不想这种地域上的特点。如果我仍然在英若诚身上看见李·科布，那不是因为李是美国人——我在乔治·斯科特（George C. Scott）、穆尼和任何演威利这个角色的人身上也看出李的影子——而是因为我把李当作最原始的威利。

不过有好几次，我发现女演员的表演尤其——我应该说独有地——具有突出的中国特色，不夹杂其他任何风格。今天早上，我才第一次让两个年轻女士——佛赛特小姐与莱塔小姐上场，和哈皮与比夫在饭馆一场里演对手戏。圆脸的佛赛特小姐确定了自己的身份并不是妓女后，显得无比自信。我感到自己打消了她的怀疑是对的，使她不至于担心。打过电话之后，莱塔来了。娇小的莱塔只有20岁，纤巧的小手上戴着黑色的网眼花边手套，手套的指尖上有小小突起的装饰。这个设计真不错！她的音色有如小提琴的高音；大大的黑眼睛显得天真无邪。她进来的时候，受了刺激的威利正在跟自己说话。她知道了威利是请她晚上出去玩的两个年轻人的父亲，就高兴地说“他多可爱！”，又说“我想带上你爸爸，那样多好！”她这副不加判断的高兴劲儿极大地反衬出洛曼一家已经远离伦常，其不幸是注定的。她说着，好像代表着整个世界。我无力设想如何把这种中国式的演绎推广到全世界。在这一场的结尾处，两位小姐都没有台词，只在等待不远处的洛曼父子结束争执。这时莱塔拿出小镜子，把它拿远，仔细打量自己。之后，她戴着网眼黑手套的手把玩着长茎的红郁金香。这幅画面是她自己创作出来的，我不得不认为它完全可以被采用，无须更改。

对于整出戏应该怎样演绎剧本，我觉得没有什么要补充的了。于是，我们一个段落一个段落地去追踪故事和人物在深层细节上的表现。我发现，在威利讲述戴夫·辛格曼的故事这一段，英若诚的表现仍显得有些苍白。威利说，这位传奇式的推销员“就在楼上自己的房间里，穿上他那双绿色的绒拖鞋——我一辈子忘不了——拿

佛赛特小姐。（图 / 英格·莫拉斯）

穿着演出服的莱塔小姐，把玩着红色郁金香。（图 / 英格·莫拉斯）

起电话跟买主通话，连屋子都不出，84 岁的人，他就能挣钱养活自己……”

英若诚当然“懂得”这段话，可是他说起来像是在机械地回忆，不带我们对曾经追求的生活的感情色彩。他说这段话时没有将自己融入其中，而是置身事外。但是，威利亲身经历过这段历史，它给他带来焦虑，唤醒了他的浪漫感情。

我们坐下来，想要有所突破。我想自己也许忘了英若诚的背景仍然是完全中国的，虽然他游历过欧美，很有学识，很现代。

“你们过去有没有类似的事？威利不是凭空吹嘘这段过去，你知道。要记住，这些人曾把自己称为游侠……”

这一来，他想起了封建时代的侠客：“我想我们中国有类似的事。一百年前，有人带着武器，护卫运货的马车，防止货物被匪徒抢劫。他们也是云游四方，经常几个月几个月地离家在外。他们也有自己的兄弟情义的神话，这让他们与众不同。可是随着铁路的出现，这一行再也没人需要，很多人开始饮酒度日，或是为了几个铜钱在集市上表演功夫、打擂台。给我几分钟，我再试一次。”

我们的霍华德又站到台上钢丝录音机的旁边，英若诚面对他坐下，手里拿着帽子：“你根本不明白，我年轻的时候——十八九岁——我就已经跑上码头了。我当时脑子里老转，推销货物这一行有前途吗？因为那会儿我总惦记着去阿拉斯加。明白吗？当时在阿拉斯加一个月之内就发现了三处金矿苗，所以我也想去。哪怕是去凑凑热闹呢。”

霍华德　真的？

威　利　那是，没错儿。我父亲在阿拉斯加待了不少年。他那个人一向胆大，敢闯。我们这一家子都有点这股劲头儿，不求人！

英若诚变了个人，陷入自说自话，有些惊恐地回忆着过去，仿佛那些过去的事情正带着他一起湮没。最后，他被辞退，遭受了羞辱。他坐在那儿，一句话也没有。呆坐在椅子上垂头丧气的不仅是威利，也是英若诚本人。看到这儿，我忘了赞叹他的出色演技，忍不住想要安慰他。

“感觉怎么样？”我问。

过了半天，他才开口：“天啊，我怎么跟林达说！”这是一个新发现。这一幕进入了他的内心，由于他对中国历史的回忆而生动起来。我感到他不再觉得自己高于威利，也许因为这一刻他在自己的不幸里体会到了某种高贵的感情。

我星期六又休息了一天。部分原因是：我自己的感觉已经由于重复排练而变得迟钝，我不能继续给演员们提供灵感。另一部分原因是：我想让演员在完全中国的环境里不受干扰地工作一天。我越来越感到一些次要角色的表演变得过于复杂，简而言之，即为过火表演。这个问题不太容易解决，因为竭力表现引起观众注意是这里的传统，他们要让观众认识到自己“演”得如何卖力。不光次要角色存在这个问题，比夫和威利也时常表现声音过高，比如在饭馆和最后厨房里的争执这两场里。周五连排之后，我正要出门上车直接去火车站，这时英若诚告诉我说，在最后一场他感到空洞，而这时他应当感情激荡，甚至有某种醒悟。我很高兴他来告诉我这些。这也跟我的看法一致：在厨房那一场，他像只受了伤的公牛，呆立在那里，只等着遭受更重的打击。但他向我求助是个好现象。我要花上一天时间思考如何使他的感情充实起来。

四月二十四日

不管乘坐的是汽车、火车还是飞机，我从来不曾在路上睡着过，这次在北京到大同的软卧上也是如此——即使这列火车很舒适干净（除了厕所传出的强烈的氨水味）。这列火车是苏联式的，非常舒服。

我在这无眠的夜晚思索着，终于发现了这出戏还缺少的东西。我能否逐渐把它添加进去是另外的问题，不过我确实发现，由于技术上的压力，我不得不使导演词汇浅显易懂，易于翻译，因此导致了这出戏精神方面的力量减退。正如我第一天排练时所说的，这出戏讲的是爱——父子之间的爱；在排练中这条爱的线索有时被威利或比夫的愤怒和抱怨所遮掩所切断，我却没有加以纠正。我急等着周一到来，重新开始。

我们娇小的中国导游名叫小燕。她很可爱，热情能干。她知道英格完全能当我的翻译，多快的语速都不成问题，于是她就不多操心，尽管睡觉。她看过连排，英格暗示说，她对表演很有些意见。

我一有机会就要问问她有什么意见。

我们这间一共有四个铺位，还有一位旅客是位内蒙古青年[1]，他镶着一颗金牙，带着一大包茶叶。我们一安顿好，他就宣布："我喜欢抽烟，喝茶。"然后给我们每人的杯子里放上一撮茶叶。茶的味道确实很好。至于香烟，我们就免了。对与我们一行做旅伴，对中国，对他在工厂的工作，他的家庭，对天气，他都觉得称心如意。他这股高兴劲一定会让上帝喜欢。临睡前，英格和小燕出去洗漱，他指着英格的铺位问："妻？"我点头表示她的确是我妻子，这也让他很高兴。他躺下来——显然，他早就想这样做了——眼睛朝桌子这边的我眨了一两下，微笑着，立即就沉沉睡去了。

从出产煤和纺织品的大同出发开车一个小时，我们来到云冈石窟。它于5世纪中叶在沙岩上被开凿出，结构如同一座环形剧场。拱形的佛窟里是巨大的佛像，其中一个有四层楼高，佛像旁是舞蹈的仙女、圣人、仆役和护卫。这些雕像都是在窟中的沙岩上直接刻出来，没有一座是从外边运来的。那些护卫夸张的姿态和表情尤其引人注目——他们隆起的胸前戴着甲胄，大手举着重重的兵器，龇牙咧嘴，瞪着眼，凶相毕露。以前他们曾成功地吓退来犯者，现在却有游人模仿他们的样子。这些护卫者很像京剧里的某些人物，很外向；佛像则是诗意现实主义的，他们的内敛、温和与静谧吸引着观众。我应当在我们这出戏的表演中催生这种内心的静谧，避免护

[1] 在前次来华所写的《遭遇中国》里，米勒提到与一位大学教授同乘火车，了解到中国高等教育百废待兴的艰难处境。这次这位旅伴疑为上级所派，既为安全考虑亦为避免类似前番的尴尬。

卫者的模式。

一天过得很好。我们在旅馆过夜。虽然英文导游手册把这家旅馆评为“很差”，它实际上却是我们在中国住过的最好的旅馆。星期天，我们坐上下午的列车返回北京。还有好几个小时天才会黑，我这时问小燕对这出戏的表演到底有什么意见。她认为除了哈皮，每个演员都演得很好，虽然有时太吵。“他演这个角色显得有些紧张。”她的英语很不错。

“紧张？你为什么这样想？”实际上，哈皮是剧组里最有经验的演员之一，他的表演非常自信，能一边说出台词一边扶起倒塌的布景，让任何人都察觉不到这紧急状况。

“他就是这样。那个角色肯定太难演了。”小燕接着说，理着小辫，一边找着眼镜。她老是在找眼镜，而她的眼镜总是待在同一个地方——红色拉链背包里。

“我们在说演员还是人物？”我问道。

她试图否认是这个人物让她紧张，但终于放弃了。“他有那么多女人，还总是说谎！”她争辩道。

“真实生活里不是有这样的人吗？”

她的脸红了，吃吃笑起来，不知道说什么好。“不过他太能撒谎了。”她再说不出别的，我也停止了追问。我看着她，她似乎从来没有在真实生活里遇见过像哈皮这样爱说谎的人，尽管她的身世很不幸。她的父亲是军队的将领，在监狱里待了五年，直到最后因癌症死在狱中，他的家人都未被允许前往探视。虽然跟她的这种经历相比，说谎算不得十分离奇，但是哈皮的情况不同——这个不讲道德的人物时时闪现出个人魅力。显然，小燕从来没有见识过这种界线模糊的艺术作品。我心中那个老问题又浮现出来。美国人也有过天真的年代，那时美国还没有进入现代，通过阅读麦加菲（McGuffey）公民道德读本以及霍雷肖·阿尔杰（Horatio Alger）的好人打败坏人，鼓励节俭，克己和勤劳的故事，人们才学会读书写字。中国人能够理解复杂的人性吗？这是否适合他们的国情？

四月二十五日

回到北京，我急于抓住这出戏中仍然隐含但我认为肯定会爆发的力量。七点半，为了活动一下筋骨，我在周边阳光普照的胡同里漫步，路边的窗口传出女高音用中文唱的《红河谷》(*Red River Valley*)。不知为什么，这让我感到精神昂扬。我想起在火车上小燕曾递给我一张纸——上面是她抄的歌词——问我会不会唱。我唱了《俄克拉何马》(*Surrey with the Fringe on Top*)、《老烟囱的上面》(*On Top of Old Smokey*)和《你是我的阳光》(*You Are My Sunshine*)。她最喜欢《你是我的阳光》，也许这能够解释为什么哈皮使她感到紧张不安。

我差点忘了要给威利的二号演员[1]一次表演的机会，看他是否

[1] 顾威。

能够胜任这个角色。这很重要。英若诚因在《马可·波罗》里的出色表演而获奖，扮演威利一个月之后，他就要去意大利领奖。如果这出戏很成功，这位二号演员就得接替他一段时间。

他从和林达一起在卧室里这一段开始演。他比英若诚高一些，胖一些，五官集中，抿着嘴，集中的眉眼和脸盘的比例有些失调。进入角色五分钟之后，他表现惊人。几周以来我和英若诚为威利仔

顾威饰二号威利。（图 / 苏德新）

细设计的每一步，每个转身、弯腰，都好像本来就属于他，好像他一直都在进行着排练。

他演了记忆中和儿子们一起的那一场。极快的对话，没有一处出错，张驰精确自然，整个人物异常鲜活，演得真是天衣无缝。我曾看到他把我告诉英若诚的话都做了笔记，却没有料到他有这份才情。他演了和霍华德的那一场——威利去求这个年轻老板给他一个固定的差事，不用在外旅行，结果却遭到了解雇。这也许是自李·科布以来我见过的设计得最好的表演：一种几乎能用肉眼看到的精神上的土崩瓦解，它是那么不可避免，又是那么出乎意料。

看着他退下场，我完全确信自己现在应当跟英若诚和比夫做什么。我们要把他们之间的爱置于演出的核心，使之成为这出戏的主题。也许现在才这么做有点晚？我只能努力尝试。我以一段对“每一个人”的简短又坦率的讲话开始，其实是对饭馆的侍者、伯纳德和霍华德说的，多少也是对英若诚和比夫说的。周五排练结束时，侍者、霍华德和伯纳德的刻意表演（伯纳德轻微一些）让我有些震惊。赶火车之前，我只是匆匆纠正了侍者的几处表演。

我说：“上周五我离开时说了，连排时有过火的表演。为什么这样不对？因为这样做没有道理。侍者觉得哈皮说的每句话都妙不可言，但其实它们并不是那么有趣。你演的是效果，可这样观众就不需要自己看了。你既是演员又是观众：你说了几句聪明话，然后自己没命地笑。这样还有什么留给观众去做？他们只会觉得你创造出来的角色不真实。我了解你们有这样的传统，但是请把它用在别的戏里。在这出戏里，你要尊重真实。”他们很快理解了我的意思，露出会心的微笑。“你看，你一演就被我逮住了！”（So you see? – I have caught you in the acting.）英若诚这个天才把这个双关的意思翻译了出来，逗得人们大笑。重要的工作还在后头；比夫、英若诚和我三个人开始查找第二幕后三分之一里表现父子之爱的对话。可没过多久我们的工作就被打断了——假发组的人来了。

说“来”不太确切，他们就像从地下冒出来似的。出现在我们眼前的是三位表情严肃的矮个中年妇女和一位高而胖的男子——我曾让人家照他短短的白发给英若诚做假发。我正和英若诚、比夫深入爱这个话题，只听见后面有人兴奋地尖叫，还有人随便地哼着小曲儿。顷刻之间，六周以来我逐渐了解并且热爱起来的整个剧组的人都变得让我不敢相认——戴了假发之后，他们显得半人半鬼。他们顶着尼龙纤维，挤在长排的镜子前。他们抛弃了经营了六周的真实世界，终于进入了假发的天堂。他们突然成了有了新鼻子的俄国人——有人说，只要给俄国演员一个新鼻子，他们就能演各种人物。

更糟的是，大家都望着我，希望我认可他们头皮上长出的这种化学纤维，好像我们艰苦奋斗了六周才达到的真实并不会被他们这样奇怪的外表破坏掉。他们想模仿美国人，想扮演不是自己的别人，他们非如此不可，而我要求他们只演自己。我觉察到这一次假发出现的方式比上一次温和得多。假发师回避了我，不知不觉投球入垒。这回倒没有浅金颜色的假发。可是，来自非洲钻石矿、象征着粗犷的西部精神的本，却有一头整洁的波浪的红头发——布鲁克林理发店的伙计要是做出这个发型，一定会因为糊弄顾客而被解雇。我对假发师傅——他们正忙着夸演员们变化了的形象——解释说：本伯伯在阿拉斯加伐树，在钻石矿挖掘，忙着挣大钱，没有时间做这种发型。

假发组的一位女士和另一位女士说了些什么。我问英若诚他们在说什么。

“她说恐怕剪得太短了。”

我对英若诚说：“给我做成惠特曼那样。你没见过惠特曼的照片？去掉胡子。你见没见过南北战争时期将军的样子？”可怜的英若诚努力地想，却实在想不出这些式样。这时我感到我们的文化确实不同，我说：“无论如何，本的头发应当留长些，不那么整齐。”

我接着诊断下一个病人。当我四下环顾时，看见本换了一顶风格粗犷的假发，真是很棒。假发师看见我惊喜的表情，得意地笑了。她把莱塔交给我审查。莱塔的中国脸配了栗色的头发，在头顶的前边堆起一部分，其余的做成发卷垂在肩上，成了三位好莱坞女明星——桃乐姗·拉摩（Dorothy Lamour）、洛丽泰·杨（Loretta Young）和海蒂·拉玛（Hedy Lamarr）——的混合体。这个可爱的姑娘花了一整天的时间才选定了这个发型，正是这同一个人曾经格调高雅地戴着网眼手套，把玩着郁金香。她正等着我欣然认可。

我挣扎着想要做好人，最后还是放弃了。我一个人要对付四个假发师。明摆着，他们要把我打败。

我不得不再一次说：“这姑娘不需要假发。请把它摘下来，我们看看她本人的头发。”

这位女演员面无表情地摘下她心爱的假发。我心里说：你可是一直在学习如何不面无表情啊。我抚弄她的头发，盛赞她的美丽，然后又去处理下一个问题。他们又在商量给哈皮、比夫和伯纳德戴上假发。这三个年轻人自己的头发都又黑又密，我不禁纳闷假发师傅为什么非要让他们戴假发。当然，我也绝对理解：一个人如果会

本伯伯和莱塔在试戴西式假发。（图／英格·莫拉斯）

做假发，他就会想让所有的人都戴上这玩意儿。

“但是，也许他们能给比夫理个发？”英若诚旁敲侧击。他还不太明白整个问题所在。我的意见是：我们演的这出戏发生在想象的国度，而非某个具体的地方。他基本上同意我的意见，但似乎不敢肯定观众能够接受这样的处理。

当然，在我眼里，假发和白脸不仅破坏了人种学的规律，也同样把这出戏发生的地点变成了纯粹的想象。我没有这样说出来，只在心中想道：如果这些演员是黑人，他们会不会把自己的脸涂白？如果他们是白人，会不会把脸涂黑？——在美国南方白人演员们就曾经这样做。中国目前正处于历史的交会点上，这种做法可能出于不假思索、缺乏理性的惯例，而这种惯例应当摒弃。没有办法能说服他们，除非直接演出，证明给他们看：观众愿意并且很快就能够接受这样的处理。我这时说：“比夫不需要理发，为什么要让他理发？”

“他们说也许应当剪个平头。”英若诚为假发组的同事辩白道，他们正站成一队，满怀希望地等待我的回复。

“他现在的发型就几近于平头——”比夫担心他们会让自己破了相，几个月见不得人，不等我说下去就自告奋勇自己去张罗把头发理短。我让他不管去什么地方，只要把事情办了就行。五分钟后他就回来了，理了个挺不错的平头。我真搞不懂他们为什么如此热衷于变换发型，甚至比夫的平头也让人人感到高兴满意。也许他们的潜意识里认为舞台是个魔幻的诗意而高贵的所在，模仿真实生活会贬低它的价值。如果我不能让他们信服这一点——《推销员之死》本身就已经是真实生活的一种变形，而不是一份写实的报告——我要他们在台上呈现自己的本来面目的努力将遭到更大的抵制。

林达最先最快地站到了我这边。她的假发严严实实地罩在她头上，让人看不到一点儿她自己的头发。假发师说，她演年轻时的那一场需要戴着这顶假发。我确实建议过，戴个蝴蝶结的发夹可以让林达显得年轻，但这个发夹可以直接别在真发上，根本不需要假发。这顶假发很快被否决了，林达松了口气。这位女士不但是威利的“根基和后援”，也是我的。

我们最后只给本伯伯、威利、霍华德和查利用了假发。霍华德的假发可以使他显得年轻，而查利的能让他显出上了年纪。我做得还不错，于是我热情感谢了假发师，又做了一番不要模仿美国人的简短说明。他们站在那里，手里提着派不上用场的假发套，俨然是一群剥人头皮回来的印第安人。他们连连点头，无疑全体一致认为这出戏将一败涂地。不戴假发，这等于让演员不穿衣服就上台！

四月二十六日

今天下午去《外国戏剧》杂志社与大约二十位编辑、作家和研究者座谈。这种随意的场合总使我由衷地感到温暖。这里还有花生糖，我猜我的牙医准欣赏这种糖果。这座建筑又是老式的长方形堡垒，不过我现在已经习惯了这种压抑的样式。人们请我先提问题，或者随便谈些什么。

我不假思索就发言，但对自己说出的话并不感到意外。我的主要观点是："大体上而言，你们崇尚的西方戏剧反映的都是异见者的情绪。你们对自己的作家的要求却是：只能赞颂生活，不能怀疑生活。到头来，你们在断送引进重要外国作品的未来。艺术家是异见者——显然，他们非如此不可。你们推崇尤金·奥尼尔，可你们知道吗？——在 20 年代他创作的黄金时代，他对美国的经济繁荣冷眼相看，看穿它的乐观主义，质疑并谴责它深层的欲望。"我一发不可收。

我想，他们有点不自在。见鬼，为什么不把他们都明白的事说出来呢？也许这能鼓励他们自由发言。但是，没有人发言，甚至没有点头或者赞许的目光——什么反应也没有。我继续说："大家似乎习惯于只要求一件事——作品的'意义'。但是，难道我们还不明白——作品如同张开的帆，它的'意义'只是在捕捉生活的风向时所产生的价值观。兜售意义只会使艺术变得畸形，是对艺术致命的降格以求。你们自己的生活的'意义'是什么？难道能用一句话说清楚？而一部艺术作品要表现的不是一个人的生活，而是很多人的甚至是整个民族的生活，怎么能对它提这样的要求？"

一位六十开外的先生坐在我的对面，他的目光频频与我接触，似乎对我的话感到十分高兴——确切的意思实在难以判断。我只知道这位身材魁梧的姓叶的教授[1]是安徒生专家和小说家。他面带微笑，镇定地说："安徒生要传达的信息早就在世人认可的陈词滥调中被淹没了。这些信息不仅仅是现在被忽视，而是一直以来就被忽视，但他的智慧、讥讽和匠心是不朽的。"

我觉得他和我的观点在这间屋里属于多数派。正当我这样想的时候，一位身材和年纪与叶教授相仿的研究美国文学的教授发言了。他深吸了一口气，然后一鼓作气地说了八分钟，我没见他再喘第二口气。他的眼神疲惫但耐心无限。尽管他这种见解推演到最后必然是中国要闭关自守，但它仍然控制着这个十亿人口的大国。他说："中国的情况不能跟其他国家相比。中国人只对生存感兴趣，对你提到的真实不感兴趣。文学必须有助于他们的生存。我们犯不起太多的

[1] 叶君健。

错误，文学不能把人民推入深渊。”换句话说，一个英明的党应当控制出版——尽管他没有直接说出来。

我反驳道：“我无意提及压制言论的问题，我只想说，你一定清楚，在中国过去 20 年中，单凭政治并不能保全你自己。总之，人生是一场悲剧，以后也还是这样——不管官方意见如何通过种种规制想要改变这一事实。所以，如果能够，提出终极问题强过跟着政治转——你们过去总是那样，以致每隔几年就被人打耳光。”

“人们被困在黑屋子里，转来转去，想要找到通到外面的出口。政治规制总是不允许敞开这样一扇门，而艺术就是寻找这样一扇门的许可证。一部作品要表达的意见当然是重要的，但不是唯一重要的。我们可以把莎士比亚要表达的意见写满一本书，可对于这些是否是他的意见，还可以写出更多的书来。但莎士比亚将永远不朽。我的意思是，应当让艺术活下去。”

这一个小时很值得，我在这段时间里认识到，我的意见其实也是多数人的意见。即使我不能证明这一点，至少我知道：一场辩论正在中国广泛地展开：是人应当适应于某种制度，还是一个制度的核心应当是人？

我们离开的时候，我感觉自己并不比在美国参加类似座谈后更失望。在美国，如果没有权势左右，这种讨论永远不会停止。不过，编辑和学者们经常抄起家具和道具大打出手，以此结束讨论。

每次连排我们都能将演出时长缩短一两分钟。没有人刻意赶时间，这意味着他们的表演节奏越来越快、越来越生动、越来越少做作。英若诚不再担心这出戏时间过长。

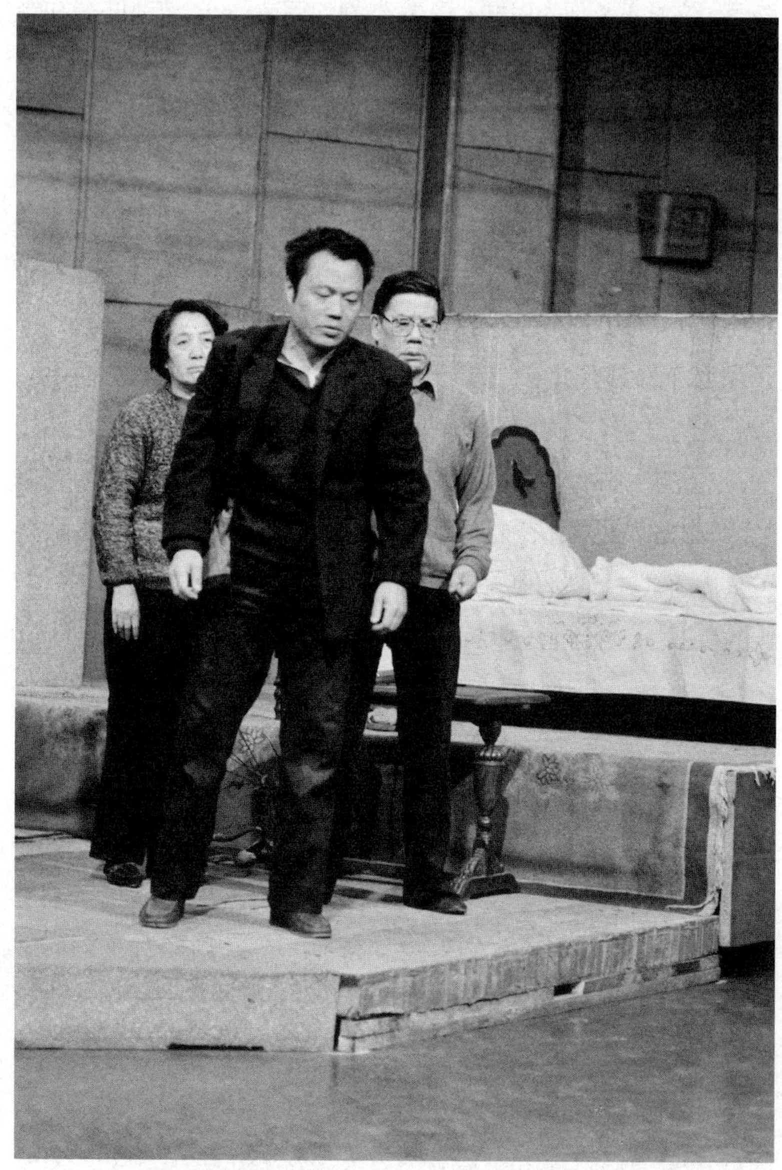

排练。（图 / 英格·莫拉斯）

排练。（图 / 英格·莫拉斯）

人们弄来了正式布景用的冰箱，换下了蒙着白纸的大纸盒。这件新道具显然是20世纪40年代的产品，我正纳闷他们是从哪儿弄来的，结果发现这竟是参照《科利尔》（*Collier's*）旧杂志上的冰箱广告做成的纸型，甚至门上的转轴也是用纸做的。这冰箱看着闪光锃亮，而且能开能关——威利能从里面拿出他的牛奶。我打量着它，赞不绝口；听着我的夸奖，道具组那总是一脸严肃的一男一女两位青年显露出了一丝笑容。

威利说："一个人空着手来可不能空着手走啊！总得留下点什么啊，总不能，不能……凭什么？难道往后我一辈子傻等，一分钱都挣不着就成英雄好汉了吗？"我们在排威利和本的最后这场戏，中间休息时英若诚提起佛教的说法：人赤身来到这个世上，赤身而去。道教则走得更远，发展到否定主观努力的虚无。这里威利秉持的信条是儒家主义的；儒家主义教导人们要在这个世界上有所作为，把成果遗留给后代。在强调自身延续性的中国哲学里，继承是一个核心概念。我们在东方哲学里绕了一个大弯，话题才回到威利对不朽的期望。他意识到，自己的名字像是被刻到了冰激凌蛋糕上，在布鲁克林闷热的七月天，它注定转瞬即逝。

我们的工作卓有成效，英若诚在最后与比夫吵架那场表现得感情充沛。我终于把这种愤怒——比夫要永远地离开他——与被情人抛弃的痛苦相提并论。但是他表现得还是差一点：对于演员来说，愤怒是把趁手的宝剑；爱却如同气球，要小心地抱着，不然它会莫名其妙地逃脱。

离上演还有11天。

离上演还有 11 天。

我们又谈起，中西方哲学一致认为金钱是万恶之源这个话题。我引述了弗洛伊德所说的“like Shit”（如同大粪）。申翻译这时问英格：“那是什么？”英格解释道：“就是厕所里的东西。”“哦。”她显得若无其事，似乎这只是个一般的话题。

英若诚讲起：有位读书人觉得钱脏，他夫人想要治好他这种恐惧症，就在家里各处放上硬币，围着床也摆了一圈，这位先生求夫人腾出一个缺口，好让他上床睡觉。

英若诚笑着说：“我和安东尼·奎恩（Anthony Quinn）、伯特·兰卡斯特（Burt Lancaster）演同一部电影，他们二人演这部片都挣了大钱，我收入的 95% 上交了国家。”我相信他对钱真的没有兴趣。我说，我认识的最后一位把收入上交国家的艺术家是靠一个集体农庄维持生活的以色列作家阿默斯·奥兹（Amos Oz）——他是将收入全部上交了国家。我看奥兹这样做时也是毫不迟疑。虽然如此，我仍然想知道，要是中国飞行员知道外国同行一年收入八到十万美元，他们是否仍然甘心领受每月 150 元的工资。英若诚觉得这不是什么大问题。

我又在努力去除比夫在第一幕对林达说下面这段话时的感情泛滥：“好了，老伙计，好了，现在都解决了……今后我留下来，我发誓，我一定好好干。”他的表演一定会让人联想起中国式的经典一幕——慈祥的母亲和回头的浪子：他正使劲眨眼睛，显出一副下定了决心的高尚样子。我没有让他得逞，我打断他的表演，说：“你不应当在这时动感情，你只是担心回乡下的计划被打乱。”他笑了，明白了我的意思。他重新来过，这一回显得更有男子气了。他这个感情泛滥的毛病如同手上的倒皮，很难剪除。不过，他确实是位好演员。

北京城里找不到林达在葬礼上要戴的黑色面纱。在中国，葬礼的颜色是白色，婚礼的颜色是红色。不过，没有人怀疑观众会把白色的情感投给黑色的面纱。但愿我们能找到。

越临近上演，英若诚在和波士顿女人那场戏中的表演就越显得清心寡欲。

四月二十七日

波士顿女人刘骏请我们到她的“宿舍”吃午饭。我想象中的“宿舍”是一所学校里住宿的区域，其实这宿舍是一座大公寓楼房一楼的一间单元房。她总是说这里是农村，实际上这里是新建的城郊住宅区，离北京市中心不过15分钟的车程。这里的路面还没铺沥青，绿化也还没跟上。刘骏的丈夫也是人艺的演员，总是笑口常开的样子。他迷上了养鱼；刘骏曾对我们说他在乡下养鱼，我于是又想象出一幅池塘里满是鳟鱼和鲈鱼的景象，结果他只是在鱼缸里养了一些小观赏鱼。

这土黄色的单元房被收拾得非常整洁。夫妇二人忙着烹饪、端盘子，做了九道或十道菜肴。刘骏和她丈夫为中国开始出现的生机感到高兴；在他们企盼的众多东西中，他们最想拥有的是一套大点的房子。我想，他们感到自己赶上了一个伟大的新时代的开始，他们希望这个开始不要被任何事情打断。

现在，常常可以看见中老年男子提着鸟笼遛鸟。当然，也经常可以看见鸟笼被挂在窗外。便道上，一群一群的老头坐在小板凳上打牌，鸟笼子搁在身边。老早的时候，人们也举着鱼缸闲逛。也许现在还有人这样做，只是我们没见到过。

有一次，我们经过后海时遇到一位卖鸟的男子。他有只百灵大小的鸟，据他说这鸟会说话，甚至会吹口哨。旁边有另一只笼子，蒙着布。我问他：里边是什么鸟，能不能打开看看？他摘下布套，露出一只脖子上少了一圈毛的鸟。这鸟受了惊，一副可怜相，好像很沮丧。他说："这是那一只的师傅。"

刘骏夫妇结婚已近20年，两人相亲相爱，感情很好。他们的儿子不在家，他在学校学习烹饪和英语。儿子没有什么表演天分反而让他们感到高兴，因为他们觉得从事艺术太难了，又实在没有什么回报。儿子则有几分失望，因为中国的女孩子喜欢演员。

今天阳光很好，窗外有棵树，但和中国各处的建筑一样，这楼内光线昏暗，水管和其他装修都十分粗糙。不过，这里有一间厕所。我想起我们住的旅馆有位工人也养鱼。他有十只鱼缸，不仅养鱼也养虾和其他玩意儿。他不让我把这件事告诉别人，怕招其他工人嫉恨。席上有种我以前吃过的辣味饺子，还有鱼、虾等等，都极为美味，于是我放开肚子大吃了一顿。在她自己的家里，刘骏看起来相当漂亮，显示出她是个快乐而有想法的女性。她说："这出戏打破了时空的界线，将使搞戏剧的人大开眼界。"想想吧！他们毫不怀疑这出戏会大受欢迎并上演很久，好像这件事不说自明。我还没听别人这样评论过；也许常见的寡言少语是一种礼貌，在这里受到称赞确实令人感动。

他们显然是幸存者；我不禁由此想到“二战”后的欧洲。我们的比夫和哈皮自称属于30岁年龄组的演员；因为剧院被严重破坏，这个年龄组的演员严重短缺。我在这个狭小的公寓里感到，知识分子仍然受到不公正待遇。我察觉到，因为自卑和担心，这对夫妻有种没着没落的感觉。

刘骏说：“你的眼力让大家惊奇。什么错都休想逃过你的眼睛，即使只是念错台词。”我再次把它归功于英若诚了不起的翻译。这出戏现在只比美国版的长两分钟，德国和法国版都不能达到这个速度。

她家中的气氛轻松而亲切，我不失时机地向他们打听中国人为什么如此热衷于假发。自然，我期望得到不可思议的深层的历史性的解释。可是她说：“只是因为我们喜欢演戏。戴上假发很有意思，能让自己在几个小时里变成了另外一个人，甚至命运也改变了。这就像小孩装扮自己。话剧有些平淡，我们总是想法子给它增添一点色彩。”

晚上排练结束时，助理导演——就是主要舞台监督——从前门跑进排练厅，他一脸兴奋，嗓音有些沙哑地说:“售票处排上队了！”大家都很高兴。我于是又问英若诚，剧院是否如同他希望的那样，真要公开上演这出戏。他说正是如此。但是，我还是能听出来，他本人并没有真正的把握。《北京日报》上登出了售票处公开售票的消息，只有两三行字。

有人给我看了最近的《新闻周刊》上极为愚蠢的一篇文章，里面提到，对《推销员之死》“特别热心的观众”将发现，他们很难欣赏“这部杰作”，因为“中国从南到北从东到西没有一个推销员”。又是一篇自称为报道的美国势利文章。这世上有两样东西，气味是一样的臭不可闻：大粪和文化上的势利。

我们一直在加紧工作。英若诚和我还有本在排威利说出自杀的打算那场戏。英若诚说：“中国人认为自杀的人是受了先前自杀者的鬼魂的勾引。这种鬼魂只有帮其他人自杀之后，才能转世。”这件事只是有趣，对如何把威利走向自我毁灭演得更真实，我觉得帮助不大。既然谈起这个，英若诚又想起来另一种说法：“其实，当人们自杀时，他的眼前会出现美丽的景象，旖旎的风景，清清的池塘，可爱的树木，他就向那里走去。”他以前一直把威利的自杀归于颓废，这完全错了。威利其实想通过死达到什么，这是一种有意义的自我牺牲，也是一种最终的讽刺；在最后的时刻他充满了感情，并没有感到空虚。这种眼前出现美景的想象似乎帮助英若诚有效地调整了自己的表演，达到的效果甚至超过了这出戏和我的要求。

我想起李·科布发明的一段表演，让英若诚也试一试。李坐着，跟已经成为律师的伯纳德说话，想要吹嘘比夫的事业；伯纳德打开纯金的烟盒，请他抽烟，他没有拿出香烟，却把烟盒接了过去，自顾自地往下说：“是这样，比尔·奥立弗——体育用品一行的大人物——他非要比夫来。从西部把他叫回来，长途电话，条件由比夫挑……”他一边说一边弄那只烟盒。这烟盒无言地道出他儿子的失败和伯纳德的成功。这段表演看起来简单，可是要演出人物对眼前的东西视而不见，对自己的心思毫无察觉的那种状态，而且要演得不带一丝做作，又能让人一目了然，真是很难做到。英若诚试了一下，笑着摇头，感叹这段表演的确意味深长，难以把握。我认为这是李·科布的神来之笔，在一个小环节上显示了大师风范。

比夫的脑门被本“击中”，看着他一次次地重重摔倒，我不禁担心他会摔伤。他后来告诉我，他是如何学会这种摔法的：他所在的部队是个反坦克单位，要在近距离发射反坦克的武器，这要求发射之后要立即跳起，滚到一边，避开危险。

云从龙，风从虎。

英若诚解释了虎和龙的寓意。龙是中国建筑和绘画里最常见的图案，是鳄鱼或蜥蜴的变形，可能是某个重要的史前部族的图腾。

四月二十八日

今天晚上彩排。和试假发的时候一样，每个人都希望自己的装扮最先通过。谢天谢地，林达的三套衣服的下摆已经剪短——他们原先裁剪成 20 世纪 40 年代那种下摆长至小腿的拖曳样式，而我 40 年代那会儿就不喜欢那种样式。他们也慷慨地允许她不必戴假发套，演年轻时那一场时，只需戴别着发卡的一截假发。在球赛那场，她戴了一顶漂亮的孔雀蓝呢帽，那帽子十分可爱，浅口平沿，装饰着红丝带。还有那时候流行的红色竖条纹的围裙。当然，这些样式都取自我们带来的杂志上的照片和图片。孔雀蓝呢帽又硬又厚，可能一直压在箱底，有些折痕，但应该不大容易看出来。

哈皮有件粉色调大格子的西装，在别处不能穿，在舞台上则很有表现力。这西装他穿着很合身。比夫那件三个扣的蓝西装实在不像样：底边不齐；肩部高耸，好像里边是只衣架；领口起了泡，像是炸面包圈。这件衣服在任何地方都穿不出去。我转向那位带着一副悲哀的逆来顺受的面孔的瘦小服装师。

我对她说:“这不是他的平常衣服。他要穿着它去见从前的老板,想从他那儿借一大笔钱。”她似乎还不明白我指什么。“请告诉我,这些扣眼为什么没有对齐?为什么离开衣襟有一寸?”她点头同意我说的是事实。“这布料太重,你看,不容易弯起,像玻璃纤维一样硬。有没有轻一点的布料?这出戏发生在暖和的季节……”她愁眉苦脸。我望向比夫,他看起来没有一点儿不高兴。我想起他自己的上衣比这件还要不合身。他总是将袖口卷起一截。作为一名退伍军人,他也许习惯穿这样的衣服。

查利穿着褐色的职业装,戴着白色的稍有波痕的假发,显得高瘦、文雅,样子很神气。我同意他戴假发,因为这让他看上去很棒。(不过,他偷着模仿了我的样子。)可是,所有穿褐色套装的男人,都一律配着黑皮鞋、尖领白衬衫。在我的要求下,神情悲伤的服装师的一位苍白瘦削的助手拿来了十几件不同颜色和样式的衬衫,一件比一件大胆、俗气。这些衬衫在我面前堆成了一堆,像是刚从卡车上成堆卸下来似的。这下,剧组里的人都赶过来为自己挑选。因为英若诚是老演员又是主要角色,他第一个为自己挑了件挺不错的蓝衬衫。

哈皮在饭馆认识的两位女士的装扮,让我怀疑自己身居何处。戴着黑网眼手套,举着长茎郁金香的莱塔,被裹在了一件印着红玫瑰花的连衣裙里。这衣服胸口有个大蝴蝶结,宽宽的腰带,褶皱的下摆几乎长至脚踝。这种装束让莱塔看起来像是一战结束不久时的一位英国大妈。所幸弗赛特小姐的连衣裙是黄色的;如果能把裙子的下摆提高一点,再给她配条狐皮披肩,她就能让哈皮动心,

试装。（图 / 英格·莫拉斯）

这场戏也就显得真实可信了。莱塔的样子吓坏了我。服装师大受打击，一直低头看着地板。我对她说："亲爱的，这姑娘只有20岁，可这件衣服是给60岁的人穿的，完全掩盖了她的好身材。"我开始绝望了，又一次意识到，这里30年来全国统一穿蓝布上衣和便装裤，大多数人有生以来就没见过别的衣服样式。

林达现在穿上的葬礼套裙，不知为什么没有裁短。我叫来了服装师的一位助手——一位20岁左右的小伙子。我交待他把下摆提高二到三寸，还亲自折起下摆示范给他看。这小伙子自己还有助手，那是位和他年纪差不多的姑娘。她弯身折了一下，又放开。

"你为什么不把它固定住？"

"我们记得住。"

"听着，亲爱的，这可是当真的。你做了记号才想得起来。"她呵呵地笑了，那小伙子也是。但是我觉得笑声背后有问题。我说："别偷懒，去找点别针，把它别住。"姑娘跑去找别针，小伙子躲进乱哄哄的一群演员里，想等她拿来别针再说。"你得明白，裙摆的长短得一样，不能像有的衣服似的，前边短后边长。"他频频点头。我不再说什么。他们确实不知道为什么要长些或短些，他们对这件衣服一窍不通，就好像我对爱斯基摩人的内衣一窍不通。我又花了15分钟纠正众人的衣服和背心，以使它们合身——所有的衣服都被做大了一号。

整个过程压抑、可笑，又令人同情。我再一次想起种种欢迎我或让我发言的知识分子聚会，气氛总是一律的温和与顺从。总是有记者、学者乃至话剧导演来问我"这出戏的寓意是什么"，其重复如同鹦鹉学舌，已经到了滑稽的地步。我不禁猜想：也许多年来的禁锢已经让他们提不出关于作品的其他问题了；也许他们被禁止以任何个人的方式思考，接受或认识一部作品的内在力量。在此背景下，《推销员之死》就成了打破那种思维模式的一记重锤——我甚至已经在他们身上看到了变化。威利既是社会的产物，同时又具有完整的自由意志；这一点就足以让辩证学家不知所措。

无论如此，英若诚已经放出话了，只问“《推销员之死》的寓意是什么”显得过于肤浅。于是，有位读过剧本的年轻人采取转弯抹角的方式问道：“威利的命运是不是由于他不能跟上形势，采用现代化的方式做业务而造成的？”

这个问题很有意味：“现代化”是当下通行的口头语，是打开中国当代历史困境的“钥匙”；因此，它便成了解决一切问题的灵丹妙约。我回答说：要是知道如何解决就好了；即使威利更新了工作方法，他也不能改变自己的命运。这位提问者看着我，有些木然，显得无可奈何。不过，在我们第一次新闻发布会上，英若诚宣布中国记者自由提问之后，发生的事情比这更加令人沮丧。

二十多个来自不同报社和机构的记者，手里拿着笔和笔记本，没有一位开口提问。事实上，他们看起来被自由提问的邀请惊得目瞪口呆！时间一分一秒地过去，这种安静好像要永远延续下去，不过人们这时已经明白过来。他们到这里，是为了被告知新闻发布会上要宣布什么，如此而已。到现在为止，我已经在北京住了五周，这期间不停地有美国和欧洲的新闻记者向我提出问题或是要求采访，却没有一个中国记者向我提出过采访要求。

他们并非怀有敌意。相反地，报纸对我和排练的报道都很正面，英语的《中国日报》预言这出戏会受到“热情的欢迎”。但是新闻业的“现代化”似乎还没有到来。我不愿预言中国的发展道路能否成功，我宁愿设想：随着引进外国技术，越来越多到海外学习的人回到国内，对思想的禁锢必然会逐渐放松。但是，也许不会这样。我现在能做的只是如实报告真实的情况：这片森林里有很多死树，挡住了新树生长需要的阳光。我在这所剧院看到的也许是一个社会的缩影，有很多理由让我相信，这里早就需要有一位好的看林人。

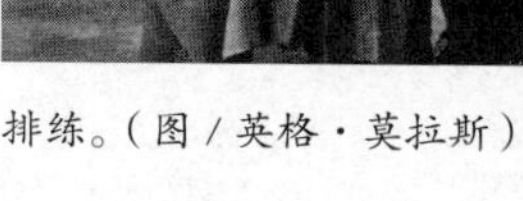

排练。(图/英格·莫拉斯)

排练。（图 / 英格·莫拉斯）

四月二十九日

昨晚，演员们化了妆，穿上了演出服彩排，拍了官方发布所需要的照片。在把人物演成中国人而非外国人的问题上，不可避免地又出现了一些倒退的企图。霍华德多年来总在情节剧里演主角，赢得了很多热心观众。他现在五十来岁，开始谢顶，我同意他戴顶假发，好显得比英若诚年轻些。我一看见假发组给他配的红头发，就吩咐要把它染成跟中国人头发一样的黑色；他有些不愿意这样做。现在他又让我检查他的化妆——画着黑眼圈，脸上涂了厚厚的白色油彩，还加了腮红。在我看来很糟，可是这里也许有文化上的差异。我把英若诚从乱哄哄的演员堆里叫出来，征求他的意见。他只看了一眼就说："很糟！"好了，文化上达成了一致。霍华德于是又回到化妆间去恢复他中国人的本来面目。

林达走过来了，简直让人认不出来，好在她的幽默感还没有变。她穿着家庭主妇的普通睡袍和拖鞋，却加了好莱坞明星的长睫毛，重重的口红，卷发，妆浓得像京剧人物。我只劝说了几句，她就赶忙回到化妆间。几分钟后她又回转来，已经换了短些的睫毛，擦去了不少眼线和口红，看上去很像布鲁克林她这个年纪的妇女。

英格搭了摄影棚，用老式聚光灯打在黑布背景上。演员们打破常规，显出普通人的面目让摄影师拍照。他们生出许多怀疑：“即使演中国戏，化妆也比这个重。”“我们演的是美国人，却什么妆都不用画！”如果连他们都以为这是一场小小的革命，对于观众会如何反应我就更加没有把握了。在这里，化妆如同面具，而不是加强面部表达的一种手段；舞台是远离真实的地方，长相平常的人不配上场。可是，假如厚厚的油彩把演员变成象征，不再是真实的多面体的人物，表现真实的努力就会遭到挫败。这出戏并不是通过人物的外貌，而是通过把现实延伸到威利的回忆、梦幻和对未来的想象，来体现出它的诗意。但如果失去了真实，诗意也难以实现。

服装师还没有将莱塔那套老妇人的裙子改好。英格有个了不起的主意：去借贺诗礼的衣服，让服装师照着做一件。这件衣服真的很合适，能显出莱塔苗条的身段；贺诗礼竟然就是在北京的商店里买到的。

莱塔很高兴，因为她的妆画得很艳——这符合角色的要求。波士顿女人刘骏的妆也很浓，可是她担心自己的白纱披肩有些短。她坐在高凳上摆姿式让英格拍照，引来了其他女演员的围观。她们指点她应该跷哪一条腿、怎样耸肩，以显得性感。即使她们有些妒忌，那也难以察觉。看着刘骏逗趣地把自己变成了性感的杂志模特，一时间，她的土黄色的单元房，房子外面尚未完成施工的街道，一一在我眼前出现，又随即消失。

今天的报纸报道：今年第一季度的轻工业总产值比去年减少了三千万元，其中一千六百万元是滞销导致的。这让我想起比夫的西装和林达的套裙——后者有不整齐的衣服边缘，前者有离衣襟一寸半宽的扣眼。产生这种现象的原因在于，不称职者一直保有他们的工作，也就是说，一个人一旦得到了铁饭碗就不会失去。我宁愿扔掉这些服装，一切从头开始。可他们做这么几件简单的服装，就足足用了六周时间！

四月三十日

昨天，哈里·摩西（Harry Moses）和他的摄制组对排练进行了拍摄；此片将在比尔·莫耶斯（Bill Moyers）为CBS主持的半小时节目上播出。我觉得他们分散了演员的注意力，弄得大家筋疲力尽。制作了《从毛泽东到莫扎特：斯特恩在中国》（*From Mao to Mozart: Isaac Stern in China*）的摄制组曾提出拍摄我的请求。经过这次历险，我庆幸自己谢绝了他们。如若不然，我早就完蛋了。今天，美国电视网还要来进行两三个小时的拍摄。我认为，只要此片与文化交流有关，让美国人看到几分钟的中国版演出很是重要。虽然为时尚早，已有报道说：讲中国话的威利出现在这里，无疑将使中国人惊奇地发现，他们与我们美国人在人性上有如此之多的共同点。

今天早上我们第一次在正式的舞台上排练。我祈祷灯光能说得过去。我只有一天时间调整灯光，可是，要想有十分把握，这件事至少要用两天甚至三天时间。我也祈祷那台 28 岁高龄的录音机放音乐时别散了架。昨天，专门为中国媒体开了新闻发布会。有人问我是否喜欢在这家剧院工作。我决定如实相告，于是回答道：这座建筑急需整修，重新刷油漆；下水管道不通畅，脏水不断流到地上；这里的设备陈旧，落后了好几十年；演员们的工资待遇太低。有一点我没有说出，但是事实如此：有很多人只领工资，滥竽充数，不会演戏。我说："也许，中国富起来的时候，剧院就会跟全社会一起走向现代化。"有人会心一笑，但多数人看起来是第一次听到这种对不足之处的评论。似乎没有人愿意说出自己所知的实情和真实的感受——或者，这种事极少发生。比较而言，美国式的坦率真乃良药苦口。当然，我们无力抵抗残酷的商业化对百老汇戏剧的掠夺，而这只是《纽约时报》等媒体无暇深入调查的众多丑闻里的一件。中国人也许已经习惯了经过脏水才能到达小便池，但是我们美国人也一样麻木不仁于某些与脏水同样恶心的东西——它们不像脏水那样明显，但危害更大。

五月一日

今天是五一。昨天的排练几乎一团糟，我试图一边给舞台打光，一边应付电视和报刊记者，结果两件事都没有做好。

混乱的局面一发而不可收。剧院坚持美国电视网需要付费才能进入排练厅拍摄。纽约的剧院也有同样规定，除非拍摄时间在一分半钟以下。当然，它们的要价比这里高得多。NBC 说什么也不同意付费，结果和加拿大电视台一样被拒之门外——后者据说坚持同样的立场。CBS 被允许在现场拍摄，他们已经同意支付 250 美元。我们的车开到剧院一侧的胡同时，一群记者正等在那里。他们很快就派了个代表过来问我报刊记者能否进场。我不觉得让他们进场有什么不妥，就我所知没有对他们的禁令，于是我让我们的助理导演为他们打开侧门。十来个人一拥而入，抢占了座位，观看在外行眼里无疑最为乏味的排练过程。

除了比尔·莫耶斯节目摄制组，CBS 的布鲁斯·唐宁（Bruce

Dunning）摄制组也在场。另外还有五个中国摄制组以及几位摄影记者。“费里尼时间”（Fellini-time）摄制组终于也到了中国。我走向他们时忍不住喜形于色。排练中遇到的问题又让我的心里一沉。

道具组出色地解决了好几个技术问题。剧中情节要求哈皮和比夫先在二层的床上躺下，几分钟之后以一身少年人的装束在舞台侧面出现。演完威利的回忆那场后，他们退场；再在二层卧室出现时，他们又是穿着睡衣躺在床上的三十来岁的人了。在第一版里，梅尔齐纳设计了一个升降机，它能把两张床放下来，床铺则保持原样。这个装置靠绞盘工作，很重，而且容易出故障，经常需要威利即兴创作不少新台词以争取时间。

想到这些，我画了幅草图，示意给每张床都装上可移动的床板，需要的时候让床板滑下，使演员可以不被察觉地下到底层。我把草图拿给设计师看时，他也给我看了他的方案。他的方案与我的基本上是同一种构思，但在具体构架上更精细：两个床板下来，放在T型支架上，这两个支架由底层的剧务人员和已从床上下来的两位演员放倒——这时哈皮和比夫兼当剧务。中国人手多，如果在美国，这意味着每周工资要增加九百美元。

我决定为电视摄像机“导演”一番。我让比夫和哈皮试用新装备，看看换服装的时间是否够用。唯一的问题是：穿上和脱下袜子都太费时间，他们睡觉那场得穿着青少年那场的袜子。我告诉他们，演青少年时不必在长裤底下穿袜子。这段指导被永远地保留在电视录像里。

开场的照明烘托出的气氛很棒——这种灯光效果贯穿了整个第一幕——但是必须再亮一点。灯光师没有足够的灯来提高亮度，我们只好在昏暗里演出，只有几处足够亮，其他地方都黑漆漆的。

剧院只有两个跟踪聚光灯；我吩咐把它们都用上，尽管整晚看着聚光灯移来移去很令人沮丧。重新布线，调整高度，亮度还是很勉强。我想这下麻烦了。老冯使出了最后一招，将灯上的琥珀色过滤罩移去，这样一来亮度倒是增加了，可是又失去柔和的效果。

如此种种，反映出剧院和全国范围内的资源匮乏。但更让人吃惊的是，灯光师的技术水平很不稳定。比如，白光和黑色的背景显出太大的反差，不消多少时间，演员的眼睛就会十分疲劳。另外，除了打在台上的灯之外，没有加其他背景灯光，演员一退场，立即迈入黑暗之中。我吩咐在洛曼家门口安了几个射灯，以防威利出去时一脚踏入深渊。

我想，洛曼家门前两棵槐树的树影这个最难的问题无疑得到了最好的解决。威利对着椅子自言自语，似乎看见还是孩子的比夫坐在上面。随着台上撒满槐树叶的影子，时光回到了过去。在纽约的第一版里，这一幕的效果从来没有真正成功过——除此之外，其他每个方面都十分成功。不知怎么搞的，我们只弄出了一些光斑，很难让人想到那是树叶的影子。可是在这里，老冯——黑暗的剧场里，他坐在我身边，神情颇为紧张——通过自己的发明，创造出了理想的效果。

这效果非常完美，几乎让人看到了阳光、一株老树的枝干和它浓密的树叶。我握住他的手，向他祝贺。他只是怏怏吩咐下一场照明，以此掩饰自己的即刻释然和喜悦的心情。

早上我们不间断地干了两小时，下午又干了三个多小时，终于将第一幕的灯光解决了多半。明天（星期一）下午五点之前，我

舞台布景。(图/苏德新)

需要解决第一幕剩余部分以及第二幕的灯光。简直令人难以置信：这之后，我们就得离开这里，布景也得拆去，以给下一部戏腾出地方。只有星期二我才能整天使用剧场，这好比舒伯特兄弟公司(Shuberts)最不景气时的境况。但我觉得就是那时他们也没拮据到这步田地。

今天早上天空碧蓝，雨后的空气一尘不染，我们骑车三小时去逛官园——现在的少年宫，这里有游泳池、电影厅、高达六米的灰砖围墙，临街是大铁门。现在这地方有儿童表演排练厅、科学展示厅、一些供儿童使用的游戏机，还有一个演戏或演奏音乐的剧场。这里有很多年轻的父母和孩子。扫兴的是，一个中国电视摄制组带着两部摄像机，彬彬有礼而又亦步亦趋地跟在我们后面。

外面的大喇叭正在播出大乐队演奏的《劳拉》（Laura），这首20世纪40年代美国人喜欢的曲子响彻上空，好像是由汤米·多西（Tommy Dorsey）的乐队演奏的。

下午与《纽约时报》记者克里斯多弗·仑恩（Christopher Wren）及其夫人杰奎琳（Jacqueline）一起吃午餐。我们在竹园宾馆门口碰面。仑恩从来没到过这里，餐厅走廊面对一座四米半高的假山，种有树木花草。我们四人走过中庭，进了套院——这座假山就在院子的正中。我们在外面的廊子上用餐。我跨过拱门，走了几步就到了尽头，右面有一个大铁门，由两只狗守在门边，门上有链锁和挂锁。就在这道拱门五步之外，我几乎每天都在这里吃早中晚三餐，一边抱怨着滑稽的接待：有时一下子上来三位漂亮的服务员小姐，互相帮助着记下菜名，然后就全然忘记。过15分钟有一位从厨房出来，见到另一位很是吃惊，她上前拿出另一份点菜单，保证说马上就好。我又饿又沮丧，不得不接受并未点过的食物。我对此真是无可奈何，但我仍然不愿说她们什么，因为她们这么漂亮可爱又糊涂。我希望明天还在那儿用餐。

五月二日

现在是星期一早上，再过一周我们就要离开这里。这个周六晚上，这出戏开始上演——但愿能够。

中国人制作纸道具的高超技艺一再使我感到惊奇。人们做了那只表面跟搪瓷一模一样的冰箱之后，又按照我带来的原型做了两只一样的头盔，并把它们漆成金色——原型外壳是塑料的，不能上漆。一位八十岁的早已退休的老手艺人监督他的徒弟制作了这两只头盔。这位老人曾为演出制作过整桌的宴席，杯盘和食物都是纸做的，全套东西轻得用一只手就可以拿到台下。

他在解放前学会了这门手艺——这些纸活儿原是布置丧事用的。富贵人家会让这位扎纸艺人到家里走一圈；他从来也不带量尺，只在袖子底下藏一张纸，用指甲在纸上掐出器具的尺寸。一回到作坊，他就开始把那家的样子完全复制出来，包括所有的房子以及主要的陈设——这些东西要在葬礼上烧掉。看着作品被烧掉，这位手艺人很是痛心，于是改行做起道具来，这样他的作品可以保存下来，重复使用。

讲起道具，林达年轻时用的洗衣篮又黑又笨，还有一个弧形的提梁，很不好用。我画了一个美国人常用的有两只把手的洗衣筐。这种洗衣筐我年轻时经常见到；奇怪的是，这里的人从没有见过，我原以为早年间中国人也用这样的东西。道具组那个默默无闻的年轻人，驾着摩托去了几百里以外的乡下——那儿还有人用这种东西。他骑的那种摩托三轮车，大街上常常见到，但是不被准许上公路。昨天我请他和曹禺在竹园宾馆吃茶点，才知道他父亲是人艺的一位导演。我们在宾馆餐厅喝茶，正对着那个山洞。

曹禺尽管还没有从最近的手术中恢复，仍然坚持从上海赶来参加首演。他七十多岁，雄心勃勃，戴着贝雷帽，拄着手杖。陪他的是六个女儿里最小的那个，长得很像曹禺，还有一年就要从医学院毕业。曹禺的《雷雨》和老舍的《茶馆》一并被列为人艺的重要保留剧目，人艺的班底就是按照这两出戏的需要组建起来的，其中几位演员现在就在我的剧组里。

曹禺这一代人经历了内战和革命，在他们看来，中国的发展是一个开放的问题，没有现成的社会模式可以遵循。

我知道，为了能够把《推销员之死》作为一个通向现代的窗口展示给中国的演员和观众，曹禺付出了很多努力。他这时用拳头打着桌面，保证说这出戏会演很长时间。我只盼着自己的问题能解决掉，但是听见如此乐观的意见，仍然感到十分高兴。

五月三日

早上七点，电话响了，女儿瑞贝卡的声音清晰而镇定：昨晚失火了，康涅狄克的家一半被烧毁，幸好她和祖母安然无恙；邻居们热心相助；她雇了人看房子等我们回去。过了一个小时，一群十五六岁的男孩子跑上楼，喜气洋洋地告诉我们，他们要帮助我们搬家。我们不知道要搬到哪儿去，不过显然，为了让我们在中国的这最后一周过得愉快，上级让我们搬出那两间小客房，住进大套间。今天早上意外真多。

如果说清心寡欲是中国人传统的性格特点，餐厅的十几个年轻的女服务员就显得太奇怪了。作为在这儿住得最久的客人，我们总见她们不分早晚地聚在没有客人的吧台前谈论头发的事——如何烫、洗、剪、扎成辫子。她们接点菜单的水平已经到了空前离奇、糟糕的地步。今天早上我小心地问——如果不问，你永远不会知道——餐厅今天有没有橙汁，而不是汽水，如果有的话，你可否……我还没有说出我要的其他东西，这位小姐就跑去看到底有没有橙汁。她是一号。四分钟之后，她举着一听而不是一杯饮料回来。能不能拿只杯子？当然可以。我们怕她又不见了，赶快两手各抓住她的一只胳膊，接着要了四个果酱煎饼、一份酸奶、一个苹果（要是碰巧有的话）。她于是叫二号小姐去完成这项任务。过了五分钟，二号小姐端上来两杯咖啡，我们很是感激。很快她也没影了，是去找三号了。那听橙汁一动不动地搁在那儿。这时一号把一杯橙汁端到我面前，她见到那听橙汁有点吃惊，问我打算怎么办。我说没问题，不必去拿杯子，我就喝这杯橙汁好了，可以把这听橙汁拿走。我们说话时三号小姐到了，她自以为肯定听见我们要咖啡，又拿来了两杯咖啡。我们每人喝了橙汁、两杯咖啡之后，煎饼才到。我们不无担心地问能不能用煎饼的时候再来点咖啡，不过不用再拿杯子了。我们看出她有点疑惑，似乎在想，我们不用杯子怎么喝咖啡。但是三号或是四号小姐拿来了一壶咖啡，大家都拍拍她的头，高兴地聊着从前廊回到餐厅里去。她们活得兴趣盎然，总是乐于互相帮助，令人印象颇深。她们对日常的责任漠不关心，瓶子倒了都不扶的悠闲派头不像北方美国人，倒像是南方美国人。

昨天连排加入了灯光照明。演波士顿女人的刘骏很担心她的白纱披肩会让中国观众联想到葬礼的颜色，她想换成粉色或是红色。我同意了。她又嫌自己的腿不好看，想在演出时把黑裙加长一些。这一条被我否决了，因为裙子太长会显得拖沓。

今天上午的排练取消了，这样老冯才有时间安装他所谓的灯头

“存货”，调出起码的亮度。我让他把所有的灯场过了一遍，依次把每场的照明都操作一遍。我看着他一个人演出所有的角色，高兴地念叨着台词，在舞台上走来走去，站到重要的位置。他照旧穿着普通的蓝布上衣，白底布鞋。我祝贺他演出成功，他笑逐颜开，谢谢我。

两天之后，我们的戏将迎来第一批观众。我到了今天早上这个时候还不清楚，我们有没有时间化妆、穿戏装、打上灯光彩排一遍以上。现在离正式上演只有三天半时间了，我才开始能整个白天和晚上使用剧场。我相信全体演员已做好充分准备，即使在地铁车站演出，他们一样能演好。也许，并不是这样。

在北京，几乎每个院子里都堆着一堆旧砖，码得很齐整。有天，我们讨论表演要注意的问题时，我问演员们这些砖是怎么回事。比夫说：这些砖实际上是从一处或多处建筑工地——现在到处都在盖楼——那儿捡来的；等捡的砖足够多，就能盖间小房子或是修一修要倒的山墙了。比夫咧开嘴，笑得像个淘气的孩子，嚷道：“我自己刚刚盖好了一间小房子！”

“那你一定知道那是什么样的感觉——威利说比夫从盖楼的工地上弄回各式各样的木料。”

他嚷道：“现在北京人都在干这个。”大伙儿哄笑起来，这是又一处美国化现象。

我们一遍又一遍地谈中国的父子关系，我仍然需要确定演员们在这方面的感觉。我知道了一件事：按照英若诚的翻译，只在厨房那场父子冲突时，比夫才叫出“爸爸”这个词。只是在他竭力想拉住父亲时，他才用了这样亲切的称呼。当然，在我的指导之下，比夫一直按照美国的方式表演，像美国人那样激动和生气。可是我们自始至终保持着一种拘谨含蓄的风格，直到最后一刻才爆发。不然，中国的观众会觉得不够真实可信。

这让人想起二十四孝[1]。尽管现在它会引起这些演员的嘲笑，但旧时它是规范着父子关系的行为准则。比如：年轻的儿子应当在冬天的晚上预先暖好父亲的被窝。二十四孝中，有一个好儿子特别受到夸奖：他卧在冰上使之融化，给父亲取一杯水。二十四孝的虚伪已被大作家老舍[2]揭露无遗，但我怀疑这些准则仍然对人们的心理产生影响。

NBC 以及加拿大电视台与剧院管理者的斗争已经全面展开。这两家电视台拒绝付费拍摄这出戏的演出片段。CBS 已经交了钱，昨天又来拍摄。我那时正在对威利和比夫交代几处表演上的细节，因为我们停练了两天，他们忘了不少。中国人显然在 NBC 电视台的问题上变换了策略，他们说“请米勒先生做决定”。这简直正中我的下怀：我需要把每一分钟都用在上演之前的排练上，而 NBC 不但拒绝付费，还要求对演员个别采访。我已经在第一次新闻发布会上做过声明，因为时间紧张不能提供这种采访机会。我还说过，所有摄制组应当在统一时间拍摄。可惜只有 CBS 做好了工作准备。

[1] 原文为“二十六孝”。

[2] 应为鲁迅，作者对中国文化的感觉敏锐，但知识十分有限。

昨晚，本伯伯上场的时候提着一只极漂亮的旅行包，样式谁都没见过。原来，它也是纸做的，看上去真是像极了棕色的上等皮革——本伯伯就提着这样的皮包在阿拉斯加和南非之间往来穿梭。有的演员却觉得，卖鼠药的才用这样的皮包；多数人并不同意这个观点。

我又在霍华德热情介绍录音机的那一段里加上了杰克·本尼（Jack Benny）的名字，我在先前的排练中将其改为了鲍伯·霍普。后来我想起，在50年代某次去洛杉矶的飞机上，我正看杂志，听到有人跟我打招呼。他自我介绍是杰克·本尼，正与夫人，以及乔治·彭斯（George Burns）和格蕾丝·艾伦（Gracie Allen）一起旅行。他说他就想告诉我，《推销员之死》刚上演时，他看了李·科布版的演出，听见霍华德两次提到了他的名字，于是意识到自己将名垂青史。我忽然觉得把他的名字换掉不对，虽然他的名字在这里无关紧要，而这里正在播放鲍伯·霍普主演的电视剧，很多中国人知道霍普——如果半夜里邻居家佣人趁主人不在家看电视，你会听见鲍伯·霍普的名字。

杰克·本尼让我想到杂耍，杂耍又如让我想到某些中国演员的坏习惯，他们总是连声地“嗯、啊”而不能安静地听人把话说完。这些“嗯、啊”听起来像是积极回应，其实经常会无故打断讲话者。他们这样做好显得自己像是在用心听，大多数时候倒也无伤大雅。

五月四日

线路又出了问题。排练了六个星期，一切似乎都进入了正轨，可是灯光设备突然成了拦路虎，让人一筹莫展。我们用上了所有的灯头，亮度还是不够。台上灯光照不到的地方全都一片漆黑，只能凭借想象才能相信台上的情景是在白天，第二幕和一些回忆的场景都应当发生在白天，那时的灯光表明的应是唤起的回忆明亮而温暖。

老冯一直在东拼西凑，已经筋疲力尽。我认识到，人们对外国人和上级都不愿意坦言自己的抱怨或意见。公开上演之前，我们还有两次加入灯光的排练。其中一次排练的灯光跟以往的设计完全不同，不是太暗，就是中央太亮，以至于失去了边缘。

我恐怕得用开诚布公打破沉默，告诉任何愿意听的人：这家剧院根本就没有起码的技术设备。昨天，我们的朋友，剧协——这出戏的中方赞助单位是剧协——协调员周宝佑女士陪同一位王先生路过来访。这位王先生就要去华盛顿的中国使馆担任文化参赞。我猜他也许是个级别较高的重要人物，于是一不作二不休，缠住他，讲演了一番。我说，如果他们当真想做出世界一流的剧院，就应当如此这般。他好像相信了我的话，但也许我是在对牛弹琴——谁知道呢。周女士听了我的一番话，好像找到了同盟；我更寄希望于她能把我的意见传上去。

于是，今天早上我重排了第二幕，主要是为电工组排灯场。晚上我们正式彩排，打了灯光，穿了戏装。明天晚上就要有观众观看。上帝保佑他们。

新闻界和外交界对这出戏表示出的巨大兴趣仍然让我感到惊讶。据说，售票处买票的人也很多。一出戏的上演引起如此轰动，说明了中国的封闭和神秘。剧组和全体制作人员坐着大巴去美国使馆出席为我开的招待会。现代风格的玻璃房子外面是长方形的院子，大约有百十来位外交官在这里走来走去。我们只能待一小时，来不及吃晚餐。服务生端着食盘走过时，剧组的人和我连忙插起盘中的小面包。到场的有英国、西德、爱尔兰、斯里兰卡和其他一些国家的大使。他们上前向我致意。还有两位美国人在场，他们是一对夫妇，操着德克萨斯柔和的口音。他们上前对我说：能在这个地方见到我，真是太高兴了！

英格和我都试图忘记我们家房子被烧的事。我把消息告诉了英若诚的妻子吴世良，说最好的藏书都烧掉了。她说她明白是怎么一回事。

今天早上的排练中，大约有一半的灯场不是晚了就是根本没有，再不然就是出奇地暗，完全不是预先设定的效果。事情总是不对，我不由心中恼怒。结束时，我追上老冯向他发火。他看上去有点吃惊，解释说："现在是早上呀。"

"这件事你怎么办？"

"因为工厂开工，北京的电压在白天偏低。晚上灯光就会变亮。"

我于是坐下，一一写下了他的过失，长达四页之多。主要的问题是不能提供任何表现白昼的照明。他借口说，那是因为布景太大的关系，只能如此。事实上，他误以为每个场景都只是威利的想象，既然是想象就应当影影绰绰。现在他明白过来，保证说会提供阳光效果的照明。第二幕开始，威利精神百倍地上场，请求霍华德为他提供一个在纽约的差事。这个场面怎么也不能当成想象，可是照明仍然半明半暗，像是梦境。我最后说："冯，他上的不是夜班！"他没有再多说什么，只保证说会弄出白天的效果。

我忽然想起，在初演的那一版里，比夫来到威利的旅馆房间，他坐在旅行箱上，运动衣外面穿了件雨衣——这与他来自纽约的细节十分吻合，暗示着波士顿的真实的天气。我让人叫来服装组的人，英若诚让他给比夫找件雨衣。此人似乎有些疑惑，问要什么样的雨衣。我说任何西方简单的样式就可以了，最好是烟色的。

正巧有位道具组的人站在那儿，看着地板上的什么东西。这人六十来岁，长得像那位冷面笑星巴斯特·基顿（Buster Keaton），不带一丝笑容，皱着眉头，显得一本正经，非常冷淡，充满倦意。谁也不清楚他在做什么，他拍拍这儿，拍拍那儿，看看什么地方下面有空洞。听见我们说雨衣的事，他望着坐在乐池里的我们，说："不如给他来件军用雨衣。那种雨衣质量最好。"他想也没想，这件事有多么荒唐：比夫·洛曼在波士顿穿着解放军的军用雨衣。英若诚对这样的事似乎有无限的同情和耐心，并没有取笑他，赶快换了话题。

我们需要在舞台前沿演好几场重要的戏。这部分台面是漆成黑色的木板拼凑起来的，因为没有尺寸一致的板子。有些板子并没有固定，只是平铺在那里，人一踩上就塌。除此之外，这些板子没有刨光，表面粗糙。我向舞台设计抱怨，他似乎觉得我的要求太奢侈。但是第二天哈皮就摔倒在这上面，二号威利整条腿陷了进去。后来，终于来了人在上面铺了一层很薄的纤维板。这下虽然表面平整了，但是一有人站在上面，它就会上下起伏。林达被布景后面地上的秤砣绊了个跟头，那里总是一片漆黑，我十分钟之前也在那儿摔倒过。显然，人们应当注意自己的安全。

我们从饭馆之后厨房那一场开始排。兄弟俩在城里玩了一晚上，回到家；哈皮一上场就应当先打开通向客厅的帘子，一看见林达在里面，便向后退。我们先谈了半天灯光的事，哈皮才开始演。他撩开帘子，吃了一惊，立即向后跳开，随即大笑不止。林达过了一阵也从里面走出来，捂着脸，也在笑。她在里面等了好久，以至于睡着了。哈皮一进来，惊得她差点儿从椅子上摔下来。

作为剧院的领导，曹禺配有汽车和司机，还有很宽敞的新公寓房。这所公寓房位于新建的城郊住宅区，这里道路宽敞，比城里更加现代。

我们今天到曹禺的住处吃午饭。曹禺总是热情洋溢，好像总要惊叹或过度赞扬某件事物。他从书架上拿下一本收藏的画册，里面是装裱的信纸，即使我这样的外行也能看出来，那上面的书法十分漂亮。这是他的老友、大画家黄永玉的来信，曹禺为我们逐字逐句地念："我爱祖国，所以爱你。你是我那一时代现实极了的高山，我不对你说老实话，就不配你给予我的友谊。作为艺术家和作家的你，曾经是大海，可是现在却变成了一股溪流。何时你才会在纸上再写出波澜壮阔的场面？1942 年以来，你没有写过真的、美的、有意义的东西。我们的国家对你的才华做了什么？什么东西能抵得上这种损失？"[1]

他对我和英奇、英若诚和吴世良，以及他的两个小女儿读着这些尖锐无情的批评，神情激动。这情景真是令人难以忍受。我坐在他旁边的摇椅里；英若诚坐在他的另一侧，翻译出每一页横排的龙飞凤舞的八行字。每一行，都在宣判着他的艺术生命的死亡。热情的问候之后，紧跟着对已逝才华的惋惜。我一时觉得这是个笑话，是一种中国式的智慧，在最后一秒钟把残酷转为优雅的嘲讽，变成鼓励的假设。这封信很长，曹禺感激而恭敬地把它装裱、收藏起来，又把它读给大家听，他这样做时到底怀着一种怎样的心情？

黄永玉两年前曾到我们康涅狄克的家中做客。他在信中告诉曹禺：我开着拖拉机，他坐在后面的拖车里，从树林里回来，车里装着我们刚砍的木头；前一天他又看了一会儿我如何排练新戏。所以

[1] 此处引自中文原信，见田本相：《曹禺传》，第 417 页。

这封信是以我和曹禺的对比开头：我精力旺盛，创作自由，而他安于官员生活，我开始明白他读这封信的目的，他想让我相信他对我的赞许是真诚的。但他本来便是这出戏的重要支持者，我并不需要他再次证明对我的承认。这种赞扬有些过分了。

曹禺两位可爱的千金听着对父亲残忍的批评，频频点头，承认信中观点的真实可信。这封信写得如此富有激情，却又那么伤人，但是她们没有太动感情，至少没有为此感到尴尬或者痛苦。父亲以对自己整个生命的批评作为对客人的欢迎词，她们会作何感想？这欢迎词真是令人吃惊，在英若诚精确的英语翻译声中，它冷酷无情地继续着。英若诚一刻也不曾分心地翻译着，甚至不曾对正在读的内容表示赞同。

曹禺的英语虽然生疏了，但是仍然能用。他有时想帮助英若诚翻译，却被后者更正。他击打着扶手，对每一句都赞叹不已。结束的时候，矮个儿的曹禺手指着这本画册喊道："实话！这才是好朋友应当做的！千真万确！"他离我很近，我看见他眼含泪水，目光炽烈。

我还是不能完全接受眼前的事情。这么多年被推得离熟悉的一切越来越远，他现在想不惜一切代价重新找回失去的艺术生命。这代价包括痛苦的蜕变，剥去假装与别人一致的伪装。也许这才是他的真意：读着爱他的朋友对他错误的言不由衷的作品的批评，才能帮助他完成这种蜕变。这封信把他解放前的作品与他后来受党的影响写出的作品清楚地分开。我虽然感到有些尴尬，但是对他又多了一分敬意。

不久之后我们想要离开，他非要我们参观了他的房间再走。卧室里的檀木雕花床是他第二任妻子的陪嫁。他第一任妻子去世几年后，他与现在这位妻子结婚。她比他年轻二十岁左右 [2] 。他还给我们看了书房里刚刚被归还的大理石面的桌子。

[2] 曹禺夫妻年龄相差 14 岁。

五月五日 第一次预演

首都剧场很大，大约有 1300 个座位，比纽约最大的剧院还要大，而且音响效果很好。坐席中央有个横贯的通道，我和申翻译坐在这里。七点十五分，座位很快坐满了人，等待 7 点 30 分大幕拉开。这些观众没有花钱买票，他们是剧院的工作人员和他们的亲朋好友。这些人十分年轻，似乎都不到 25 岁。有些人还带着小孩。人声嘈杂，像是美国的一场讲演会或是篮球赛开始之前的样子。椅子翻起落下不停地大声响着，好像一千人想跟另外一千人换座位。后经观察得知，因为座椅铁框上的橡胶垫已经磨损，于是产生了如同 22 口径手枪发出的巨大的声响。我感到观众有些随便。已经有孩子被领出去，我猜是上厕所。我们好像要演马戏，或是来一场育儿讲座。跟五年前中国剧院的情形有所不同的是，今天的观众都极有素质。我不禁想起美国文化参赞说过，中国观众“没有文化”。我们是不是错了？

灯光转暗，仍然能听到人声。没有幕帘，观众进来时就看到了台上的布景。灯光打向舞台时，观众们已经熟悉了洛曼家的样子，因此相当安静——在中国，小声的潮水一般的窃窃私语等同于安静。当然，一部分观众，大约有二百个，仍然在换座位。

蓝光打在台前，威利提着两只箱子走来，他把箱子放下，进屋，林达听见动静，叫："威利！"这时，一百来位观众又试图坐回原来的座位，还有一些人在走道上走来走去，好像找不到座位。威利和林达开始了他们精心准备的一幕。在这里，威利的精神状态第一次被提及，他自以为一天都在开着 20 年前的那辆车。这个微妙的提示好像激起了观众暗藏的活力，他们经过短暂的休息之后重新放大音量说起话来。

就在我前面，一个男青年拿出梳子梳头，节奏很快。一时间，座位碰撞的声音又响起来。也许有人谈起了一个热门话题，谈话声此起彼伏又响遍了全场。我前面的那个年轻人换了谈话对象，从右边转向了左边，奇怪的是，眼睛仍然盯着舞台。我旁边的一对小夫妻像在自己家里一样大声讨论问题。我再细细观察，发现他们虽然继续谈话，目光并没有离开台上。

我把以上所见当作无可置疑的安静，是因为看到了观众对以下这一场的反应。继比夫和哈皮回到卧室之后，威利来到厨房对着空椅子说话——他以为比夫坐在那里。这时兄弟二人被降到地面上，可是有人看见了他们的床罩在动。在一片哗然中，英若诚高兴地对着想象中的儿子说话。他跟着比夫出了屋子，来到充满阳光的台前。那两个刚才还在楼上的三十来岁的儿子，突然摇身一变成了少年，拿着足球和拳击袋跑上台。这时，整个剧场沸腾了。

申翻译冲着我的耳朵嚷："他们想弄明白这是怎么一回事！两兄弟是两对双胞胎演的，还是怎么的。"她好像也很兴奋，迅速地扫视四周："是的，人们很奇怪他们是怎么从上边下来的！"似乎我们大获成功——过去在威利的想象里，在观众的眼前鲜活起来。这个聪明的机械设计没有失败，我们成功了。

剧场中的一半观众都站了起来，挥着胳膊，大笑着，互相戳点着，又有些小孩被领去上厕所。

"辛辛苦苦干了两个月就得到这个结果。"这个念头在我的脑海中掠过。我赶快将它打消。但是我必须承认观众有些厌烦。与其说厌烦，不如说是对作品完全缺乏了解。

幕间休息的时候，我对中国观众、对自己的错误判断的恼怒终于到了忍无可忍的地步。我沿着昏暗的通道进入后台，厕所刺鼻的臭味扑面而来——在过去看似成功的数周里，臭味从没有像现在这样强烈。我一屁股坐在英若诚的化妆台前，比夫、哈皮和查利看着我，我没有勇气再掩饰下去。

"你们真是铁打的，能对着这样一群人演戏！我真佩服！"我不无挖苦。

"嗐！"英若诚说，"他们并不很吵，而且没有人咳嗽——咳嗽表示厌烦。没有人觉得厌烦。"我探询地望着他，他似乎是真心实意。

其他人也冷静地安慰我。我不情愿地回到自己的座位。我又回想了一下第一幕，我承认观众似乎进入了剧情，虽然我实在不明白他们是如何做到这一点的。朱琳在厨房里长篇大论地教训两个儿子，道出威利自杀的企图时，台下鸦雀无声。在打牌那一场，人们笑得正是时候。比夫和哈皮刚才还是大人，一下变成了孩子，他们当然大吃一惊，我却把这视为混乱。我这个人并没有很多偏见，我决心假设这出戏可能打动了这群人。至于如何打动的，我还想象不出。

在我看来，除了朱琳在第一幕成功地使这群观众安静下来，他们第二次安静下来是在霍华德和威利那场。他们也许感到下面要发生的事是一个似曾相识的故事。也许吧。霍华德一走，威利招来了他的本大哥。本一上场，立刻引起一阵嗡嗡的议论，不过音量比第一幕时要小得多。人们似乎终于接受了这个戏的形式。

剧终的信号只是灯光渐渐变暗，熄灭，然后剧场的灯大放光明。观众们都立即起身，一阵乒乒乓乓的椅子响和鼓掌声。人们同时冲出剧场，跑着去赶晚上最后一班公共汽车。

奇怪的是，后台的英若诚和整个剧组人员都面露得意之色。据他们说，就中国观众而言，这样的鼓掌实属罕见——多数人冒着错过汽车的风险鼓掌喝彩，实在难得。

第二天，我和演员们谈起这场预演，才大大地松了一口气。剧组的人都有长期的演出经验。这时，英若诚才说出实情：昨晚那些观众大部分都来自给剧院食堂供货的单位，有的人从来就没看过话剧，多数人没受过什么教育，他们觉得自己是被逼来的。剧院送给这些单位戏票，想多来点好猪肉、新鲜的鸡，少来点烂葱头。

我压根儿没想到，最令这些观众吃惊的是，演员们没有化妆就演外国人。比夫和查利报告说，很多观众说，自己第一次觉得他们（外国人）和我们一样。如果以后的观众也这样看，只这一件事就足以证明《推销员之死》的成功。它把外面的世界向中国打开，不是作为猎奇，而是作为能够参与、能够打破文化隔离的经验。这种成功的意义是多方面的。

我仍然感到这场预演有点莫名其妙。只有一件事值得感谢，那就是演员们专心演戏，没有为了吸引观众而哗众取宠地夸张表现。我想，不论《推销员之死》上演多久，它不会背离我们长期努力才达到的这个目标。

五月六日 第二次预演

正如英若诚预料的，这一次的观众和上一次的不一样。他们大多是编辑、记者、画家和研究员，也有设法搞来戏票的话剧爱好者。只是一张戏票也没有卖，因为我们仍把这两次预演叫作排练。而在美国，观众买了戏票之后的反应才被认为是“真实的”。人们说，花钱的观众才是最好的观众。

曹禺决定既看今晚的演出，也看明天的首演。我再次意识到，他、英若诚以及其他持同样见解的人对这出戏的成功寄予了多大的期望。七十多岁的曹禺几周前刚动了一次大手术，在中午为剧组举办的长达三小时的午宴上，他还讲了话，看来身体恢复得不错。宴会上还有十来位美国人，他们是英格和我的朋友，借这个机会第一次来到中国。明天晚上，他们都将来观看首演。

第二次预演的观众虽然不如我们西方观众那样安静，却也明显地投入，并且深深地被感动。在将比夫和哈皮运到地面的过程中，床单不能移动，以免观众察觉到这里有机关。这里出了点问题：我忽然看到，在黑色背景下，白床单隐约在动，吸引了人们的注意。用深色的毯子盖住床单就可以解决这个问题。

老冯使出了所有的灯头，极好地控制了清晰和情绪之间的平衡。我握着他的手，祝贺他的成功。他似乎非常高兴，给了我一个中度的微笑，说："应该的，这是我的工作。"

我奇怪为什么英若诚在最后和本谈自杀的那一段卡了一下。他后来告诉我，死在中文里有两个说法，一个就是简单的"死"，另一个是"去世"，带有对先人的尊敬。他不小心用了第一个，然后觉察到自己的错误，所以在这里停了一下。

演员们情绪高昂，高谈阔论。与其他所有地方一样，在这里，演出成功表现为后台这边七嘴八舌的场面。查利告诉我，在过去的年代，演出结束时，会有工人举出一面大红旗上台，提醒观众起立鼓掌。

助理导演这时向我坦白，刚开始读剧本时，他根本不懂其中的意思，更不知道怎么让中国观众看明白。读到第一幕林达说出威利自杀的企图时，他才对这出戏有了兴趣，于是又从头读起。他给我讲这件事的时候，我看到其他演员脸上的表情，似乎在说，他们的感觉和他的是一样的。我初来时，没有注意到他们这种深深的疑虑。

我还在为三天前排练时发生的一件事感到懊悔。第一幕开场，林达和威利刚演了几分钟，就有个摄影师走过来站在前面用闪光灯拍照。我站起来，停止了排练，生气地叫那位摄影师回到座位上。奇怪的是，不论是坐在我身边的申翻译或是台上的英若诚都不愿意

威利·洛曼。（图／英格·莫拉斯）

挽歌。（图／苏德新）

翻译我的命令。最后，还是英若诚翻译了我的话。那个摄影师感到很意外，看着我，然后回到了座位上。他的神情更加激怒了我。我让英若诚继续演下去。今天早上，我才知道，他是我们剧院自己的摄影师。这位可爱的小个子事事都愿意合作。我找到他，向他道歉。可是当我走向他的时候，他好像要躲开，以免我又向他大吼大叫。

无论如何，我觉得自己的事都已经做完，该离开了。我发现自己现在再也没有可怕的焦虑甚至是愿望，我的力量都已经用完，尽可以去其他的地方了。以后发生的任何事都与我无关了。

五月七日 首演

现在可以睡到 6 点再起床，所以我醒来后，先过了一遍笔记，提醒自己“首演”之前要对演员交代的事情。实际上，这只是名义上的首演，因为下一周——而不是明天早上——才会出现评论。我发现两场预演时我记的笔记比我现在所记的要多得多：一个人的作用正在消失，而他的笔记却更有价值。

佛赛特小姐总是抚摸着狐皮披肩上的狐狸头，凝视着那上边可爱的玻璃眼睛。我让她披上这条披肩，是想让她的穿戴夸张一些，她却把这个东西变成了宠物。我猜想她这样做是显出一种诱惑的姿态。这样也许会打动观众。

第二次预演中，在饭馆一场之前的音乐突然中断，我立即知道，是那要命的录音机出了问题。这意味着，斯坦迪什饭店电话接线员的声音不会响起，以提醒威利进入和波士顿女人的最后一场戏；也没有激烈的音乐提示他跳起来跟两个儿子争吵。可是过了一阵，音乐又恢复了，以后再也没出过问题。我后来得知，音响师在漆黑的后台为录音机换了个插头。真是英雄。

我还是不十分明白，观众为什么在这一处报以奇怪的笑声。对伯纳德的建议——如果不能成功,那也要“放得下”——威利回应说：“可要是你放不下呢？”他们这时为什么会笑，是不是意识到了命运之手？

查利总想给威利一份差事，而威利生气地说：“我有差事。”查利说：“没有薪水的差事，那也叫差事？”几个月以来，他一直借钱给威利。我觉得这一段很残忍，可是观众却笑了。在这一场的另一处，威利说：“我给他起的名字，霍华德这个名字是我起的。”正是这个霍华德解雇了他。查利忍不住说：“你给他起名字叫霍华德，可这件事你卖不出去。”这时观众又一阵大笑。

威利接受了查利的借款，说：“我一笔一笔都记着账呢。”观众又笑起来。虽然笑的反应是有些残忍，可是我感觉得到，人们理解了威利的性格。他们也许有同样令人尴尬的弱点。

上午晚些时候，叶教授——就是在外国语学院座谈会上站起来呼应我的观点的那位教授——到访。他是研究安徒生的专家，也有自己的小说作品。“二战”时他留在伦敦，解放后回国参加建设。他六十来岁，长相英俊，语气温和，深深地爱着这个古老的国家。他在1940年写的小说多年后再版，现在大受欢迎。这显然让他非常高兴，但更主要的原因是他借此重新找回了过去。

他认为，《推销员之死》将带动戏剧界的革新，因为它在形式上如此自由，又如此打动人心；这种革新也将普及到其他艺术领域。

他说得十分诚恳，似乎这一点毋庸置疑。虽然中国还没有推销员，中国的父子关系也更为含蓄，但这些文化上的不同，只是外国人行为的细枝末节，并不妨碍观众进入情节。

我们分手时，他送给我们一幅复制品，画上面是一只猫，笔触相当细致，在我看来，并不是中国的传统技法。我又陷入猜想：中国人一旦离开自己的传统，风格就难以确定。他正要离开的时候，英格从外边回来了。他跟英格用中文交谈起来，变得异常快活。我想他并不是不习惯说英文，因为他的英文十分流利，而是看到一个外国人因为爱他的母语而把它学得这么好，他实在由衷地感到高兴。我说我会为他留两张票，这使他感动得说不出话来。他谢我的时候，我又猜想起来：他这样身份的人还弄不到两张票，这是为什么？

下午的时候，我去英若诚和吴世良家，在那里坐了会儿，再做一件我一直想做又没来得及做的事——我想记下他翻译剧本时所用的形象的比喻。凉爽的满是书架的客厅正对着小院，英格和吴世良坐在房间的另一端，英若诚则努力为我回想他那些形象的中文翻译。

我从未和演员有过这样的深交。我想，这主要是因为英若诚也是个学者，热心于探索概念，所以他既能从心理体验上也能从理论中获取灵感。我从来也没把自己当成真正的导演，也许因为我认为，演员表演一般凭借的只是一时灵感而不是生活给予的全部经验。我再次警告自己，不要把事情复杂化，这会让演员用智力刻意表现，而这样的表现不能令人感动。在这出戏的排练中，为了在翻译的重重困扰中抓住重点，我不自觉地时时力争对自己三十年多前的创作保持警觉和敏感。英若诚是我的支柱，他了解中西方的文学和戏剧，而且力图保持作为演员的必要的自我。我很高兴又来到他的家，享受这种令人愉快的散漫，没有目的，只想聊一聊形象的比喻。

第二幕开始的时候，威利充满乐观，答应林达去向老板霍华德要求留在纽约工作：“我要跟他开门见山。他不能再叫我跑码头了。”（I' ll put it to him straight and simple. He' ll just have to take me off the road.）

翻译成四个中国字：“开门见山”，意思即是直接面对。英若诚解释说：“中国有句古诗：‘山重水复疑无路，柳暗花明又一村’。当然，这与开门见山的意思相反。对威利来说，不能再绕什么弯子，他需要打开门，面对着门前的大山。”

我问，这出戏里的老话，比如“买卖是买卖”（business is business），他是怎么翻的。这句话在中文里找不到类似的成语。“我实际上把它译成‘亲是亲，财是财’。”英若诚说。威利后来说：“我给他起的名字，霍华德这个名字是我起的。”他是想要逾越雇员和老板的关系。前面的翻译与之甚为吻合。

这又让我想起“血浓于水”，英若诚以之比喻台湾与中国大陆的关系。

威利想起死去的哥哥本，说：“That man was a genius, that man was success incarnate!”（那个人是天才，是成功的化身！）我知道，自排练开始，这种典型的洛曼式语汇就让英若诚感到非常有趣。他说：“在中文里，对应‘genius’的是‘天才’。这是个很形象的词，是个双关语。它由两个意象组成——‘天’（Heaven/Tian）和‘才’（Talent/Cai）。Cai 可以理解成才能，也可以理解成钱财—— 一种抽象的‘钱财’，不是硬币或是纸币，更接近财富。我们的戏里总出现‘发财’这个词，意思就是变得富有，或是成功。香港人吃的一种水草很像头发，名字就叫发菜——他们吃这个是为交好运。几千年来，人们说‘发财了’，这可以指当了大官，或是成了大财主，或是成了其他大人物。

“我将‘incarnate’转译为‘天赋’（heaven-sent），这个词包含了英文 gift 的意思，就好像从大地中蹦出一个天才，钱财、成功和权力全都集中在这样一个人身上。所以……天才似乎是天、成功、发财的叠加。昨天晚上观众笑了，说明他们明白了这个含义。”

“换句话说，夸张一些地说，能获得第二抵押权的人一定是有上天赐予的才能和权力。”我总结道。

我们笑了，认识到我们都想在彼此的文化中找到共通点。假如中国人的比喻更为形象化，那么它对人类处境的解释一定更为深刻。我们承认，这出戏的成功已经超出了剧场范围。

英若诚提起他一年前初次经历美国文化的感受：“从表面上看，美国的任何事物都跟中国相反。比如，我们中国人饭后喝汤，而你们是在饭前。我第一次在美国理发时，对他们先给我洗头感到很奇怪。在我们这儿，是先理发后洗头。但是仍然有很多一致的地方，在我看来，主要是两国都幅员辽阔。当一个国家如此广大，人们的心胸便不至于狭隘，因为人们会碰到各式各样的跟自己不一样的人，这就不像在一个小国家里。美国非常年轻，但是那里的人民永远在动。中国作为一个统一的国家已经有两千五百年的历史，但要是以为中国人来自一个部族，那就大错特错了。中华民族融合了许多少数民族。你去过大同，那些雕像多么了不起，那个北魏王朝[1]就完全是个游牧民族。中国文化里融入了许多了不起的少数民族的文化，这样的例子不下几十个。所以，你不会像个乡巴佬，心胸狭隘。”

“中国真是个大熔炉。”

“噢，当然是，有很多方面和美国类似。我上一次去加利福尼亚——”

“值得一提的是，加利福尼亚马上就要成为西班牙裔居多的州。你知道——”

“我不觉得奇怪，饭店里几乎所有的工人都是西班牙人，还有少数中国人，而顾客全是白人。”他又加上一句：“当然还有日本人。”

我用的下一个比喻——“I won’t take the rap for this”——被英若诚译成“我不愿意背黑锅”。他问坐在屋子另一端的吴世良：“‘黑锅’有什么出处吗？”她也不清楚，只说背着黑锅的人的衣服上会留下锅底的炭黑。

我问他，中国人用这句话的时候，会不会想出一个人背着锅，或是任何有关的形象。

“完全不会。”英若诚说，“就像你们说‘quiet as a mouse’，不见得就想到老鼠。要是说什么人的事业‘going downhill’（走下坡路），也不必想到一个山坡。”

“外国人只觉得这是比较独特的修辞。”

“在任何语言里都是这样。”

伯纳德在查利的办公室里跟威利分手时，想让他高兴起来，说：

[1] 原文为“MEO Dynasty”，当为米勒误记。

“再见，威利，别为这事烦恼，你知道，‘大器晚成’——”

威利 对，我信这一条。

伯纳德 再说，威利，有时候也得拿得起，放得下。[2]

威利 放得下？

伯纳德 对。

威利 可要是你放不下呢？[3]

最后一行他是怎么译的？在那两场预演里，观众听到这句话都笑了，好像反应得不大合适。

英若诚咧嘴笑了：“中文里并没有‘walk away’这样直接的说法。所以我让伯纳德说：‘有时候也得拿得起，放得下。’而威利说：‘可要是你放不下呢？’意思是说，他只能拿，不能放。这时候观众就笑了。我猜他们感到自己也是什么都要拿起来，却不能放下，和威利一样，有些可笑。”

排练结束了，这出戏终于要上演了；演员们已做好充分准备，现在正在城里各自的家中休息；品尝劳动果实的时候到了——这出戏明显地征服了第二批观众。

“第一批观众是最糟糕的观众。首先，他们没花钱买票；另外，他们不懂话剧，他们是给我们食堂送货的。”

“他们还以为这是送肉送菜的地方。”

[2] 原文为：It’s better for a man just to walk away.

[3] 原文为：But if you can’t walk away?

"没错！"他笑了，"这批观众里还有我们通讯员。多数人——包括我在内——没有电话，所以我们得有通消息的人。要给他们买最好的日产摩托车，要弄到汽油，还要让他们有个地方消遣——总之，得让他们开心。各个俱乐部、大学、工厂能一次买走五百张甚至上千张戏票。这些人并不真正对话剧感兴趣，买票只是例行公事。我们认为，第二批观众是最好的。当然，我们的椅子太响，让你以为观众都走了，实际上只有四五个去厕所。昨天晚上我们演员向观众致谢时，我吃了一惊——没有人离开。中国人总是演出一结束就离开，昨天那样的起立鼓掌非常罕见。"

我一直想去看一看普通的北京酒馆，却总是没时间。现在，我们走过几个路口，来到一个干净的长廊状的地方。这里卖啤酒、白兰地、白酒、茶，还有面点。四个蒙古人长相的男人坐在一张桌子旁，桌上摆着不少啤酒和白兰地的空酒瓶。有个人向我们挥手，不说话，带着一丝不易察觉的微笑请我们喝酒。英若诚喝了两杯白兰地，我喝了一杯，味道很好。一杯只要两毛钱。这里的气氛让我想起老舍的话剧《茶馆》——英若诚在里面演一个人贩子。剧中的茶馆是1949年解放之前的中国的缩影，里面聚集了各色人等，大多数人物都在动荡、衰落的社会上挣扎着生存下去。据英若诚说，最初的剧本是写一群人聚集在茶馆里聊天，然后主题就转移到宪法上了。演员们——其中也包括英若诚——都劝老舍放下政治的考虑，集中描写性格丰富的剧中人物的命运。这出戏在中国如同《飘》在美国一样家喻户晓，每个演出季节都要上演很多场。

我决定今晚穿衬衫打领带，外罩蓝西服，恢复西方人的面目。我不知道自己为什么要这样。两个月来，我天天都穿着的那件丛林夹克已经太脏了，扣子也全都脱落了。我觉得自己已经预先知道这出戏一定会成功，因为所有的宾馆服务员都要求与我合影，而且今天早上起码有一个小伙子和五个姑娘在餐厅里伺候我们吃早餐。他们给我们看了报纸上我的照片；虽然那照片只有明信片上的邮票大小，几乎看不出来，他们还是要我在上面签了名。显然，报纸赞扬了这出戏。我觉得这已经超出了我的期望。且不论媒体的承认，能够公开消息本身就是一件重要的事。

比尔·莫耶斯节目制作人哈里·摩西和他的摄制组早早来到了剧场，这时离开演还有 45 分钟。他告诉我说，昨晚演出结束后，他们采访了观众。他惊叹人们对这出戏的理解如此深刻。现在我对这类好评已经不像几周之前那样震惊了，但是听他这样说仍然感到十分高兴。他告诉我，这个电视节目将以一位年轻观众的话结尾——这位观众用英语说，中国到处都有威利这样的梦想家。这件事的奇怪之处在于：在 1949 年，这出戏戳破了亨利·鲁斯（Henry Luce）之流宣扬的“美国新世纪”——如果没有威利·洛曼，美国看起来真是十分成功；可是如今，威利多少也代表着美国，至少代表了一部分美国人。我们来到中国的第二天，美国大使恒安石（Hummel）在使馆设午宴为我们接风。席间他说，中国很可能将这出戏政治化，强调它表现了资本主义的残忍和腐朽。他教我如何在这种场合下做出反应：“不要理会。没有人理会这些。这出戏刻画的是美国社会悲剧的一面，不过如此。”到头来，我们发现，向全世界展现漂亮的卫浴和持续的成功，不如向世人承认我们经受的挫折。这出戏将影响中国人对美国的看法，但是我想，这种作用要过一段时间才会显露出来。

我来到后台化妆间，演员们正在化妆。这种场面再一次提醒我，排练是生活的翻版：演员们开始排练时，完全依赖导演；之后他们逐渐成长，有了力量，经常会背叛导演或是剧作家；最后他们成熟起来，面对世界，好像全凭自己创造出了自己的角色。当初他们爱我如同孩子爱父母；如今，对我这位过去的领导，他们表露出的感情往往有些夸张——这是因为他们不再真正需要我了。此刻，对他们来说，发型、描眉、领带、指甲油、假牙这些东西才是重要的。我现在的地位就像一位和蔼可亲的姨妈，教会了孩子们弹钢琴，他们看见我来访很高兴，看到我离开也同样高兴。

正是这样。他们明显的自信让我的思绪回到了来时的情景。我刚来的头几天，我们互不了解，那时我们就像海中的轮船，互相打着最基本的信号，稍许细微的东西都识别不出。我走进每一个化妆间，祝他们好运，又快快退出来，怕打扰了他们的工作。我想，我们可能会像美国朋友之间那样随便，可是总有一丝拘束不能轻易抹去，这预示着我们之间的友谊会更为长久。已经从病中恢复的第一任哈皮，送给我一块蓝色的丝巾，上面写着祝福和感谢的话。比夫这个蒙古牧马人，送给我一小尊佛像，大大的肚子，笑容可掬。他用手指点着佛像的胖肚子，说出佛的名字“弥勒”——和米勒谐音。这一叫惹得和比夫共用一间化妆室的英若诚和查利笑起来。大家在回味我们在排练中投注的友爱。

我发现自己再也不为英若诚担心。我坐下来，看着他粘上假眉毛。几天来，他一直穿着威利·洛曼的衣服，以使它合身。这套漂亮的灰条西装，是北京城里最会做西服的老裁缝的手艺。这位师傅已经八十多岁，他没有多余的布料可以剪下一条当样品，就让人把整卷布料拿来给我过目。因为感受到了威利父子之间的爱，在演和比夫的最后一场争吵中，英若诚已经不再感到空洞——当我们心中有爱的时候，没有人会感到空虚。威利是个被遗弃的人，在寻找着失去的爱；这出戏的高潮是，他在冲突和威胁这种最不可思议的时刻找到了爱——他发现儿子爱自己，而这孩子是他的心肝宝贝。实际上，我对他们中的任何一个都不再担心，因为他们都懂得了，大家虽然彼此不同，但都是一首情歌里彼此相关的音符。

坐在那儿看着英若诚化妆，我感到他完全拥有了这个角色，演起来游刃有余。人们总是说，威利如此渴望爱，因此是个十足的美国人。对这个充满忧虑和渴望的形象，这位中国演员的感觉为什么如此敏锐？我感到英若诚最初觉得自己比威利优越，似乎要说："我懂得威利·洛曼，但我不是他。"可是，当他放下自己的完美无缺，就开始认识到自己与角色其实密不可分，他在这个过程中超越了自己。演员或者艺术家如果不能丢掉自己，就永远不会有所收获。

我来到女演员的化妆室。林达忙于化妆，几乎没工夫理我。谁又能怪她，这个角色对她和观众来说都是全新的。波士顿女人、佛赛特小姐、莱塔都喜气洋洋，显然是听到或者读到了好评。但是没有人告诉我任何事，在这部交响乐里，我是个聋子，只能看出人们的眼神里没有担心和顾虑。他们一定以为，把评论报告给我不很得体，因为对我来说它们根本不在话下。我在过道里遇见第一任哈皮，他抱着五个月大的女儿，把妻子介绍给我。在昏暗的过道里，我没法挥去一个奇怪的念头，它简单得可怕——神即是爱，艺术也是爱，爱是人类共通的。

过道里又剩下我一个人，我知道现在观众正在从前面的入口进来，那里面有我的十几位美国朋友、美国大使及其他国家的大使，和其他一些高官。我再一次惊奇地感到这个事件的重要性，它的意义已经超出了一出话剧或是一部作品。这是一次考验，但是具体考验的是什么？中文的难解？如果我不能说自己完全了解这些演员，我对他们的了解与我对美国演员的了解，程度是一样的。我再也不觉得中国演员有什么神秘。他们的语言和他们的处境当然与我们的完全不同，但是他们本人呢？有时候他们似乎离我很远，很难相处，这可能是因为我们双方坐在一起的时候往往意见相左：面对西方人或是日本人，他们感到自己稍逊一筹，难免自怨自艾；而我们养尊处优，对他人常常缺乏中国式的尊敬。除去以上这些，我对待中国演员和美国演员的态度是相同的。不过，这在话剧排演里很容易做到，因为人们关注的只是你的才能、洞察力、台风，没有别的。这样一来，两种文化的关系变得单纯起来，奇妙地显露出彼此人性的核心。在剧院里我们互不设防，相反地，我们寻找彼此。如果我没能理解他们，或者他们没有理解我，对我们双方来说，这都是一场灾难。我们免去文化上的不同，不去理会语言上的不通，一心想要有所突破，而不是证明我们自己或是为过去的历史辩护。确实，我们的整个目的就是挖掘出共同的形象和类比，尽管表面上我们有不一样的历史。如果他们演的洛曼一家让中国同胞感到亲切，那是因为他们在自己的身上发现了洛曼。正因为如此，我才反对戴假发。戴假发会使这出戏成为讲述异域风情而非个人体验的戏。不应当让

英若诚与米勒。（图 / 苏德新）

剧场里的观众坐在那里，看着台上一群模糊的布鲁克林的人群，产生一种间离感。他们应当尽可能近距离地吸收这出戏，把它作为一种人生经验，丰富自己对世界的认识。我总是认为，文化的作用不是使人们捍卫自己的文化免受其他文化的影响，而是让人们品味核心的共通之处。

这时，我们的助理导演——他曾告诉我，他看到威利试图自杀时才开始明白这出戏——在过道里找到了我，他要领我去我的座位。他不再请示，而是吩咐说——申翻译兴奋地为他做着翻译，说我要坐在聚光灯能照到的地方；演出结束时，我要上台和演员一起谢幕，这是传统。发出这个坚决的命令之后，他就挽起我的胳膊，带我走向座位。

路易斯·欧勤克劳斯(Louis Auchincloss)坐在我前面,他是我见到过的精神最为振奋的小说家,我刚刚读过他那本模仿圣西门作品的小说。坐在他们夫妇另一边的是密尔顿·格登(Milton Gordon),他是位神情悲伤、软心肠,然而意志坚强的富商。还有杰拉丁·史图兹(Geraldine Stutz),他开办了一家叫本黛尔(Bendel's)的妇女用品商店,却将更多的时间投在纽约市政厅的艺术项目上。席奥多·怀特(Theodore White)和他夫人坐在中央的座位。还有戴维森夫妇(Davisons),戴维森是纽约的银行家,总是笑容可掬。他们都拿着剧本。我看见他们高兴地扫视四周的观众,这是他们第一次见到这么多中国人,这种场合当然令他们兴奋且吃惊。这些美国人的神情显得天真而快乐,也许还带着一些自豪。

坐在英格身边的是美国大使恒安石及其夫人。我相信他经过了再三考虑才来到这里。

舞台上灯光转暗,我听到悲伤的笛声响起——鉴于那台录音机的状态,应当说我是心怀感激地听着。这时,剧场里终于达到了西方剧场的那种安静。

我感到自己不可避免地对美国人对这出戏的看法更感兴趣。至于中国人,我确信他们会被这出戏的表演所征服。我建议给楼上的床盖上毯子,这样就解决了问题,床板降下时,再也看不到白床单在动。中国观众看见两兄弟跑出来时变成了少年,并没有惊得大声交谈,他们只是惊呼了一下,随即安静下来,听着台上的对话。

美国观众正匆匆地对着英文剧本,只有欧勤克劳斯不看剧本。

随着剧情的发展，他时而浅笑时而大笑，很自在地欣赏着演出。他的头不停地转动，左右观看，就像在看网球比赛。

我从此不会再看他们演这出戏了。我让自己沉浸在其中，放下一切紧张与焦虑，终于成为了一个观众。这出戏似乎有无穷变化，威利的出人意料、自由自在让我欣喜。我想起36年前在康涅狄克写剧本的情景，我真正能够记得的是我自己的笑声。写了一天，我疲劳地走到屋外，仰望着夜空说："告诉我，威利，我该说些什么？"他好像就在森林里，裤线笔直，戴着毡帽，提着两只箱子，正透过树叶望着我。

看着台上，我能感到演员的表演十分有力，同时确信，随着以后几周演出的继续，他们会给自己的角色增添更多的色彩。表演的艺术是驾驭一对矛盾的事物，演员要集中精力于"现在"，同时又要谋划下一步的行动，达到声音和感情的高潮。凭借着训练和感觉，中国演员知道如何达到这种高潮。他并不把自己全部交付给角色，而是用对情节、对角色、对环境的理解一点一滴地构筑着角色。他开始时并不激烈，但希望结束时达到高潮。当然，高潮并不总是出现，有时演员也会失去谨慎，演得过火。一步一步计算着进入高潮没有猛然投入那样容易。即使演员的计算时有错误，假以时日，一切都会自动调整过来的。

不论我的反应如何，观众们的反应一直都很热烈。结束时，他们不停地鼓掌，不愿意停下。没有人离开。英若诚鞠躬致谢时，我看到他的表情充满了胜利的喜悦。我们下对了赌注。中国观众懂得《推销员之死》，为他们的演员感到骄傲。那一排美国人在喝彩——密尔顿·格登眼睛还红着，眼泪汪汪的；恒安石大使用力鼓掌。我想中国人和美国人都想告诉对方自己对这出戏的喜爱。聚光灯扫过台下，打在我身上。我领着英格上台，站在矮小的曹禺身边。我看见他的表情骄傲而庄重。我的另一边是英若诚和林达。台下多台电视摄像机对着我们。

恒安石夫妇三步并作一步跳上舞台加入了我们。大家有些惊奇，因为他们似乎并未被邀请。我很高兴他们加入，虽然他们只待了几分钟。恒安石素以沉着著称，此刻却失去了冷静，他握住我的手嚷着："它的中国版也成功了！"演出如此成功，我们都感到很高兴。像现在中国人需要这出戏一样，美国也会需要中国使自己的文化更加丰富。我想泰迪·怀特（Teddy White）的感慨最多。从战争时期到解放后，他一直是《时代周刊》驻中国的记者，去年才回到了美国。今晚，他赢回了自己作为美国人的骄傲。

桌上放了一堆有些干的火腿三明治，看见这些美国食物，我十分高兴，尽管它们并不容易下咽。英格这时正给每个人拍照，包括服装组那几位神情沮丧的女士、老看门人、巴斯特·基顿——就是那位道具师傅，他总是趴在桌椅下面，天知道在找什么。曹禺发表了长篇讲话，我做了个很简短的发言，其他人也讲了话，只是百十来号人没有太注意——人们高兴起来就是这样。

最后，快到半夜了，人们才散。我们握手，亲吻，招呼那些熟悉的笑脸。第一幕中，威利在卧室里回忆起看台上大家助威的呐喊——"洛曼！洛曼！"比夫把"洛曼"改成了"米勒"，大家一起喊着："米勒！米勒！"我只想起一句中文来回应。威利向儿子夸口，说别的人坐上好几个钟头等着买主，而他直接上门，说"威利·洛曼来了！"就赢得了买家。我于是喊："米勒来了！"庆祝

首演之夜。（图／英格·莫拉斯）

在一片笑声结束了。

我们两人检查了行李，等着航班通知。我望着窗外，忽然，一辆大巴停在休息室的大玻璃外面。司机旁边坐着英若诚，剧组其他人坐在后面。我们再次握手，再次合影，又一次欢笑，但是气氛与平常的快乐的分别不大相同。英若诚显得尤其严肃。是不是报纸上出现了不利的报道？或是我们紧密合作了数月，现在就要分别，他因此而伤感？或是我自己多疑，以为他有些忧心忡忡？没时间再问了，我们走向护照检查口，等着检查人员检查，在护照上盖章。北京人民艺术剧院的二十来个人站在界线外，招手，微笑，目送我们，不肯离去。我们手里拿着护照，我小声催促英格，别多耽误，不能再频频回头了，要走快点。

我猜不出这最后一次告别的原因。我感到有种失望的情绪；也许是我过于担心—— 一切都完成了，我不知道自己还想再在这里发现什么——我的戏对中国人来说究竟意味着什么？他们到底觉得演员演得怎么样？总之，中国的难解又一次浮现出来。我知道中国观众和西方观众会在同一个地方发笑，我看见了他们为威利流泪。也许，我的问题是多余的。也许，当中国人问这出戏发生的地点时，我应当仔细回答。既然他们不能化妆成外国人，权当这出戏发生在想象出来的地方——那里的人有着中国人的面孔和黑而直的头发，他们的行为举止却如同另一个文明中的人。在这个想象的空间里，我们曾经相遇，一起凭空造出了一座房屋、一个家，一起挣扎求生。在这个想象的空间，我们能够分享彼此的所有。我以此自慰。

译后记　眼前万里江山

汪小英

大概因为彼时在新西兰，而此时身在北京，译这本书好像是很久以前的事了。查一下网上的记录，开始翻译是在一年半前，回到北京也有一年了。

当初我看见家人从图书馆借来的这本书，一下子想起上学的时候，有一阵广播里总在播《推销员之死》。我家那时还没搬进楼房，住在东四一带。我们那时步行去王府井，总会路过人艺的展示窗。那时的街道还很安静。

小时候，我爸在宁夏，三年没有回家。我妈两周一次从小汤山的干校回来，为了排遣寂寞，总要带我们姐妹俩逛王府井。每回我们都步行，经过人艺，我总会看半天展示窗里的黑白剧照，那里边的虎妞先是瘦的（舒秀文），后来又变成胖的（李婉芬），别的剧照，现在记不清都是什么了。我没看过话剧，因为当时只有样板戏，我总要猜，这些图片都是什么戏里的呢？走过了人艺就是冷冷清清的中华书局和商务印书馆。

后来我上了中学，也常路过人艺，还是爱看那些剧照。文化上解禁了，我就去看话剧，读话剧，成了话剧爱好者。有一回，看见穿黑T恤的黄宗洛骑车冲出人艺的院子，正是壮年。在北大念书的时候，办公楼的礼堂演过林兆华的戏。因为英达在这儿上学的缘故，英若诚先生也在这儿做过讲座。我记得他对自己在美国导演的《家》评价很高。后来我从电视里看了美国大学生演的这出《家》。我认为它胜过电影《家》和人艺自己的《家》；演员的纯真，阴森的气氛，给人留下难忘的印象。

在异国他乡看到这本书，思绪回到了20年前，对记忆中的北京倍觉亲切。

书中写了北京人艺，文艺的解禁，杨宪益夫妇家中的沙龙，路灯昏暗、僻静的胡同，还有新建的环路外的楼房，刚出现的自由市场——也就是我现在还去的早市。

我急着想把它译出来，可是怀疑这么早写成的书，会不会已经有了中文译本。忘了自己是怎么搜索的，我在新浪网上查到了一位"仰菊斋主人"，后来知道他原来就是顾威导演的助理王翼先生。

隔着太平洋，通过网上留言，我请教了很多问题，他不厌其烦耐心解答。这些博客上的留言和"纸条"是我跟北京老家的主要联系，现在看着愈觉亲切，就原封不动地抄在这儿吧：

妈妈同学[1]　2008-02-29 10:44

[1] 我的新浪网名。

您好，我在译亚瑟·米勒的书，正译到朱琳在讨论中发言说对自己心态的变化感到很迷惘。这本书很好，我怀疑是不是国内有内部的译本。您是内行，能否指教一二？谢。

仰菊斋主人　2008-02-29 19:36

你好！据我所知，此书国内没有译本，我也是在朱琳老师及其他老师处见过英文本，可惜我的英文不好，看起来困难太大。不过极个别段落因研究用有人译出过。另外，一般戏剧界将此书作者译为阿瑟·米勒，剧中的小儿子译为哈皮。仅供参考。您的翻译使我获益匪浅，实在是一件大好事，期待您早日译完，以使我得窥全貌，参考学习。

仰菊斋主人　2008-03-02 20:38

据我所知，这本书问世以后，国内并没有什么动静，只是英若诚先生去美国后买了一批送给了北京人艺该戏剧组的所有人员一人一本，没有见到任何中译本，无论是否正式出版物。

我是由法律转行搞戏剧的，和你的想法正好相反，呵呵！

仰菊斋主人　2008-03-04 21:39

好！忙于编书和排戏，未能及时回复，请见谅！

您提到的 18 cue，并不是 18 场，形象地说可以解释为第 18 个画面。舞台灯光设计好后，在电脑中储存下来，这即为一个 cue，一旦灯光有变化（即便是一盏灯光有变化），就换了一个 cue，即换了一个画面，作为第二个 cue 存入电脑。依此类推。

妈妈同学 2008-03-05 15:58

看了网络上的原剧，真好。以后还会有问题请教的，今天就遇拼音名字不知何许人，袁应南，延安来的，文化界老大。[2]

仰菊斋主人 2008-03-07 20:51

您说的这个人我也不知道，有机会帮你问问别人吧。我主要对北京人艺熟悉一些。

仰菊斋主人 2008-03-10 21:54

这两天太忙，几乎没有时间上网，我还没有去看人艺论坛。我会尽快去看的。

很多事情都应了顾威老师的一句话："狂躁时代，见怪不怪，怪也无奈。"做好自己应该做的事情，可能是我们最好的选择了。

妈妈同学 2008-04-08 06:53

您好，《推销员在北京》全都译完了，非常感谢您的意见和提示，问候，保持联系！

汪小英于惠灵顿

仰菊斋主人 2008-04-08 22:58

您好！我已将您的译稿全部下载，由于最近忙于编书和排戏，一时来不及读完（前一部分已经看完），待稍后仔细学习。另外如果您不介意的话，等抽出时间，我还准备将您的译稿给我的两位老师——朱琳和顾威看看。

[2] 后查出为原作笔误，应为王炳南。

妈妈同学 2008-04-09 08:31

我真是非常荣幸。正在编辑，加注，不如您给我一个邮箱地址，我把校对好的完整的版本发给您。

仰菊斋主人 2008-04-09 17:26

不必客气，其实您也是给我们提供了很好的参考资料。因为很多老师虽然有这本书，但是不懂英语，所以您的翻译对他们来说是场及时雨。我的邮箱是：……

妈妈同学 2008-04-16 07:25

注意查收，已发往 SOHU 邮箱：）

仰菊斋主人 2008-04-16 15:53

已经收到，多谢！最近较忙，过几天闲下来的时候我会去看望朱琳老师，届时带给她一份。

妈妈同学 2008-05-04 05:51

去访问朱琳和顾威老师了吗？还请他们多提意见，尤其是关于他们本人的描述。祝好。

妈妈同学 2008-08-26 19:06

你好，我回到了北京，《推销员在北京》尚在联系出版，有时间见一见，谈谈戏剧吧！

后来我们就见面了，本书收入的顾威老师的那张照片和朱琳老师的一张剧照也是他提供的。

我把喜欢的古诗词译成英语来读，可以更慢地欣赏，回想原来的字句。最喜欢的是辛弃疾《清平乐》的最后这句："布被秋宵梦觉，眼前万里江山。"

在海外，我一遍一遍地读这首词，过着简朴的学生生活，怀念着我的“万里江山”。

看这本书是一种享受，北京的各个地方，不管是古老的什刹海还是摩登的建国门，亦或是人艺那条街，都一一摆在我的眼前。熟悉布鲁克林下里巴人生活的米勒，也把北京的街道描绘得生动有趣：

……出门的最佳时间应当是早晨六点半，这时候大街上车水马龙无比喧闹。下水道旁边有个男人正在漱口，胳膊肘几乎碰到了经过的公共汽车车身。在另一个下水道前，有个妈妈正在把着小孩方便。老大妈拍打起被褥，开始了忙碌的一天。过一阵儿，老头儿——绝没有老太太——开始在路边下象棋，一般是三个人一伙，两个下棋，一个支招。拐角上蹲着个租书的，二三十本书装在纸箱子里，旁边有两三个人也蹲着，看从他那儿租来的书——租书按小时收费。我不由想起父亲讲的世纪之初纽约西区的那些事儿，那里厕所都在院子里，哲人们坐在台阶上聊天，匪帮、律师和歌手们都还是顽童，在街上吵闹着……

北京的百姓给他留下这样的印象：

……从无数神态安详的脸上，从静静闪烁的无穷智慧里，我感觉这个城市的人似乎个个都是贤者。有天下午，我们正在散步，一个骑自行车的年轻人忽然在我们跟前停下，问我们从哪里来。他的英语出奇地流利。谈了一阵，我问他是做什么的，他说自己是卡车司机，正要回家去吃晚饭。无产阶级绝不是目不识丁的群氓，他们受到了很好的教育，尤其是在近几年。……

米勒写这时的中国，多少带着身为美国人的骄傲感。他写到意识形态的僵化、计划经济的局促、文化上的封闭。喜欢他的叶君健先生送他一幅猫的画，特征难辨；他便猜想：中国艺术家正在寻找一种属于自己的艺术形式。

读到米勒的批评，作为中国人，我觉得不好意思。心情恐怕跟当年的资中筠教授类似吧。资教授是当时对外友协负责接待米勒的人，她借机把中国的戏剧和文化介绍给米勒。在《关于阿瑟·米勒的点滴》（2005）中，她这样写道：

我下决心约他共进午餐，做较长的交谈。我在准备接待他的过程中的确把能够找到的他的作品都读了一遍。有了这个资本，就足以使他在谈话中也倾听我的意见，而不是完全由他主导话题。我先谈了对他的作品的印象，然后问他对中国戏剧有什么了解，喜欢哪个作家。他回答不上来。我问他有没有听说过汤显祖，他当然没听说过。我说汤与莎士比亚差不多同时代，其成就也不亚于莎士比亚（这是我当时的说法，至于能否成立，我没有研究）。接着我就给他讲昆曲是怎么回事。他开始有兴趣。然后我又问他，有没有听说过关汉卿（那时关于关汉卿的电影很热门），当然他更没有听说过。我告诉他那更早了，是在13世纪，早于但丁。于是他承认他确实对中国文学很陌生，因为他不懂中文。我又问他知不知道曹禺和他的作品，他是当代人，还活着。我说知道曹禺的中国人大约绝不少于知道阿瑟·米勒的美国人。他还是不知道。我说曹禺的《日出》《原野》等都已翻译成英文。这样，他就不能以不懂中文为由了。不过我也坦率地说，由于多年的闭塞，中国知识分子对外部世界的新发展了解很少……午餐结束告别时他态度很热情，诚恳地说，看来我们双方都需要加强交流和了解。米勒到外地参观我没有陪同。据陪同他的翻译说，后来他的态度比刚来时谦和多了。后来，米勒回国后写的访华观感中记述了不少对中国人思想禁锢和闭塞的批评，但最后加了一段，提到了与我的谈话，大意是说，我们反躬自问对那个世界又了解多少呢？我当时私心颇得意了一番。

米勒在本书的开首议论中国的遗世独立，就是和资教授谈话的结果，可是书中却没有一处提到资教授的名字，大概这番情节不大符合批评中国落后的“剧情”发展吧。

对于书中的种种批评，开始时我心有戚戚，觉得在说我自己。后来我开始逐一核对人名、事件，越来越觉得我们中国人了不起。

正是通过译这本书，我认识了一群可敬的中国人，他们怀着辛弃疾那样的信念和情感，对祖国尽着各自的责任。王翼先生最先给了我许多帮助。他在这个浮躁的年代，毅然放弃了律师的职业，兢兢业业地投入话剧事业。他为顾威导演当助理已经多年，无怨无悔，忙得不亦乐乎，吸很多烟，做很多事。我回国后知道了这些，对他在网络上的留言有了更深的认识：“‘狂躁时代，见怪不怪，怪也无奈。’做好自己应该做的事情，可能是我们最好的选择了。”

米勒第一次为顾威排练，就对顾威的表现极为赞赏。他在本书中这样写道：“几周以来我和英若诚为威利仔细设计的每一步，每个转身、弯腰，都好像本来就属于他，好像他一直都在进行着排练。”王翼先生也给我讲了这段故事：

英若诚最早组建剧组的时候，找到顾威，劝说他演二号威利：这个角色很有挑战性；如果能演好威利，演员的演技将得到一个大拓展，以后什么角色都不在话下。顾威听了英若诚的话，接下了这个角色。顾威天天出现在排练现场，米勒看见他总拿个本子在记。当米勒和英若诚用英语交流的时候，顾威就拉上申翻译让她把他们俩的谈话翻译出来，自己记下。回到家里，顾威把白天英若诚的戏重新揣摩、演练。

忽然有那么一天，是个周末，米勒说去游长城或是其他什么地方，交代英若诚说：“我回来要看顾的戏。”英若诚赶紧告诉顾威好好准备。顾威利用周末的两三天，把威利的戏准备好了。等米勒回来，顾威演得他心服口服，甚至英若诚看了之后，也采用了顾威在一处的处理方式，说这样更好。

对书中所提人物，我尽量还原了中文姓名。我通过夏兰青女士的博客，查得周宝佑女士——已经去世五六年了。她是著名银行家周苍柏的女儿，著名声乐教授周小燕的二妹。周家是英雄的一家人：周苍柏为公众兴建了武汉公园；他的儿子周德佑是抗日烈士；他的女儿周小燕在欧洲学习声乐十年归来，毅然留下，为祖国培养人才。夏家和周家是至交，夏兰青的父亲夏之秋先生是位音乐家，他学习音乐得到了周苍柏先生的资助。抗战时，夏之秋先生带领武汉合唱团下南洋一年又七个月为抗日募得了两千万元。这些捐款被悉数交给了陈嘉庚先生领导的“南洋华侨筹赈祖国难民总会”，他自己辗转搭车才回到了重庆。周宝佑说：“劳苦功高的夏先生回国时，一无所有，简直就像一个乞丐。”在现今的社会，这样的传奇，让人景仰赞叹。

人艺院刊的孟姗姗女士介绍我认识了中国艺术研究院话剧研究所所长、曹禺研究专家田本相教授。在他的帮助下，本书中提到的黄永玉致曹禺的信才被复原成中文。曹禺先生去世后，这封信已经遗失，田老师是唯一记录了这封信的内容的人，他亲自向我提供了这封信的原文。

米勒在这本书里盛赞自由经济，一反与他写《推销员之死》谴责商品社会的初衷。这本《推销员在北京》中文版却吃了自由经济的亏。米勒夫人英格·莫拉斯是世界著名摄影家，英文原版收录了当年她拍摄的大量现场照片。当本书筹划出版的时候，莫拉斯已逝，她的作品版权已被全部卖给了一家图片公司。这家公司要价一幅照片 4000 元，中国出版商无力负担，只好放弃。我们与北京人艺博物馆联系，得到了所需照片。这些照片的拍摄者是北京人民艺术剧院的摄影家苏德新，就是米勒误以为是记者要轰走的那一位。幸亏有了苏先生的记录，本书才得以配齐照片，让读者一窥当时风貌。[3]

忠实的人艺爱好者文克俭先生，提供了自己收藏的英文原版书，供我参考，并陪我一起去人艺博物馆选照片。今天读者见到的这些

[3] 由于英格·莫拉斯这部分现场照片的版权价格有所降低，本次出版得以将其补录。——编者

照片，应当是对原书的一个补充，再现了作者描写的排练现场。

在此书即将出版之际，杨宪益老先生离我们而去，谨以此书纪念中国的良心杨宪益戴乃迭夫妇对中西文化交流所做的巨大贡献。

当初身在异乡，思念万里江山，现今回到家乡，结识了这些了不起的中国人，眼前的万里江山因他们而美丽。

2009 年 11 月 15 日